김려령 소설집

창비

차 례

고드름   7

그녀   31

미진이   63

아는 사람   91

만두   113

파란 아이   135

이어폰   163

작가의 말   244

수록 작품 발표 지면   246

고드름

야, 야, 이 뉴스 좀 봐. 살인 사건이 벌어졌는데 범행 도구만 있고 범인이 없다. 튄 거지. 너 같으면 그 자리에 가만히 있겠냐? 지문 나올 텐데 왜 놓고 갔지? 안 나왔어. 장갑 꼈나 보다. 그건 모르겠고, 그랬다 해도 나 같으면 좀 떨어진 곳에 버릴 것 같은데. 그건 너고. 우발적으로 저지르고 쫄아서 튄 거 아닐까? 우발적으로 죽였지만 지문은 확실하게 처리하고 사라졌다? 그건 좀. 계획적인 것 같다. 만약에, 범인은 있는데 범행 도구가 없는 경우라면? 손으로 졸랐겠지. 손도 도구에 속하냐? 권투 선수들은 주먹이 흉기야. 그럼 그 사람들이 한 대 치고 가면 범행 도구를 가지고 간 걸까? 그럼 손을 놓고 가냐? 야, 야, 내 말은 손발처럼 사물화하기 애매모호한 것 말고, 손에 딱 잡히는 진짜 사물을 말하는 거야. 도구를 쓴 건 확실한데, 뭔지 쉽게 유추가 안 되는 그런 거 뭐 없을까? 야, 방금 이 새끼 좆나 고급지게 말하지 않았냐? 이 새끼, 요즘 공부 하나 보다. 장난 그만하고, 진짜 뭐 없을까? 글쎄, 음, 고드름? 그걸로 어떻게 사람을 죽여? 새끼야, 고드름 그거 되게 뾰족해. 너도 공부 좀 해라. 씨발, 손 시리게 고드름은. 너 그거 실제로 본 적이나 있냐? 사진으로 봤다. 병신 새끼. 아냐, 난 고드름 괜찮은 거 같아. 할아버지네 갔다가 본 적 있어. 이만한 것 봤는데 살벌하더라. 그걸로 목 찔러 죽이면 범행 도구가 녹아 버리잖아. 완벽한데? 검색해 보자. 이건 어때? 따다가 부러지겠다. 그럼 이건? 너무 크고 뭉툭해. 안마 봉도 아니고. 이거 클릭해 봐. 어, 그거. 죽인다. 그 밑에 서 있다가 떨어지면 즉사하겠어. 어디냐? 강원도래. 원정 살인이냐? 근데 고드름 진짜 괜찮은 거 같아.

그럼 일단 고드름으로 하자. 병신들, 저건 겨울에 찍은 사진이잖아. 한여름에 저런 걸 어디서 찾냐? 찾아도 가지고 오는 동안 다 녹겠다. 고드름 녹은 물에 담가 죽일래? 그럼 범인을 냉동차 운전사로 하자. 오, 설득력 있다. 식품 배달하는 탑차 있잖아. 좋아. 그럼 고드름은? 만들까? 누가? 범인이. 뭐로? 물로. 아, 병신 새끼. 그럼 휘발유로 만들래? 만드는 틀, 틀! 틀이 뭐냐고. 우리 집에 쭈쭈바 만드는 거 있는데. 이제는 쭈쭈바로 죽이자고? 냉동차가 아이스크림 나르는 차였어? 그래서 어디서 죽여? 냉동차 안? 냉동차 밀실 쭈쭈바 살인 사건. 제목 봐라. 아냐, 굵기도 적당한 게, 아래만 뾰족하게 갈면 되잖아. 얘들아, 일단 그걸로는 위협이 안 되잖니. 움직이면 찌른다! 해서 가만히 있는데, 가만히 있는 동안 녹아. 그랬다가는 역으로 당해, 병신들아. 움직이지 마, 내 차에 박스로 있어! 아예 아이스박스 옆에 놓고 녹을 때마다 새거 꺼낼까? 가만히 있어! 하고 다시 꺼내고, 가만히 있어! 하고 또 꺼내? 무슨 범행 도구를 자꾸 리필해? 말이 되는 소리를 해야지. 인질이 지루하겠다. 나 오늘 안에 죽는 거 맞아요? 약속이 있거든요. 병신들. 꼭 위협할 필요는 없지. 그냥 푹, 고드름 녹을 시간도 없이 빠르고 정확하게 콱! 그 운전사 전직이 특수 요원이냐? 여러분 안녕하십니까. 뉴스 특보입니다. 특수 요원 출신 냉동차 운전사가 쭈쭈바 고드름을 제조해 우발적으로 살인을 저지른 엽기적인 사건입니다. 말이 되는 소리를 해야지. 야, 너 그거 안 먹을 거면 나 줘. 이따가 먹으려고 아껴 둔 건데. 다리 하나만 줘. 땡큐! 아, 비려. 어째 여기는 오다리 하나 제대로 못 가져다 놓냐. 파워 가자니까. 렉 심해져서 안 돼. 요즘은 우리 집보다 더 느려. 그래서 너 그건 언제 먹을 건데? 지금 먹는다. 저 새끼 봐라, 그냥 한입에 다 처넣는다. 니들은 지금 오다리가 문제냐? 어, 난 그래. 좀 진중하자. 우린 중요한 걸 놓치고 있어. 뭐? 꼭 여름이 아니어도 되잖아. 겨울이라고 얼음이 안 녹냐? 겨울에 아이스크림 먹으면 계속 꽝꽝 얼어 있어? 무슨 장식용 모조품이냐? 그럼 어떡하지? 뭘 어떡해. 그냥 손으로 죽여. 제일 간단해. 자꾸 도구에 집착하니까 뭐가 있어야 할 것 같잖아. 어중간한 거, 딱히 뭔지 잘 모르겠는 거, 그런 게 진짜 괜찮은 범행 도구야. 새끼가 고급지게 말만 하면 뭐 하나, 고급지게 행동할 줄을 알아야지. 야, 너 똑똑하다. 저 새끼 원래 좀 똑똑했어. 그럼 손으로 바꾸자. 그런데 졸라서 죽이면 나중에 조른 흔적이 남는다잖아. 그럼 손으로 졸랐는지 도구를 써서 졸랐는지 그런 것도 다 알겠지? 조사하면 다 나와. 장난치지 말고! 새끼야, 그럼 이게 장난이지 너 진짜 사람 죽이게? 아니, 뭔가 화두를 던졌으면 결론을 내야지. 똥 싸고 안 닦은 것 같잖아. 난 안 닦아. 왜? 비데 쏴, 하하하. 됐다 됐어. 니들하고 무슨 얘기를 하겠냐. 그리고 넌 입 좀 가리고 웃어, 새끼야! 왜? 입 냄새. 너 비데 틀고 아 벌리고 있어. 여기 오다리가 이상한 거야. 그럼 입 냄새 맡아 보라고 하고 환불받아. 피곤한 새끼, 왜 살인에 꽂혀서 지랄이야. 좋아, 그럼 다시 처음으로 가 보자. 이제 고드름은 버렸지? 버리자. 발상은 기발한데 실현 가능성이 낮아. 그렇다고 맨손은 너무 무방비 아니냐? 니 말대로 하필 권투 선수한테 걸려 봐. 우리는 셋이잖아. 다구리. 저쪽도 수가 많으면 어떡하지? 저 새끼는 좀 심하게 돌대가리 같아. 넌 살인 목표를 떼로 잡냐? 수가 많으면 그냥 보내야지 왜 덤벼? 우발적 학살이야? 학살이 떼로 죽이는 거냐? 니 앞에도 컴퓨터 있잖니. 검색해 봐. 어…… 그냥 마구 죽이는 게 학살이구나. 그런데 니들 이런 노래 들어 봤냐? 어떤 노래? 고드름 고오드름 수정 고드르음 고오드름 따다가 바알을 엮어서 각시방 영창에 다아라 놓아요. 방금 지은 노래냐? 아니, 있는 노래야. 배운 적 없는데 그냥 나오네. 신기하다. 야, 우리 저 새끼 뺄래? 아냐, 수가 많아야 유리해.

우리 주먹으로는 몇 번을 쳐야 죽을까? 죽을 때까지 치다가 우리가 먼저 지쳐서 뻗지 않을까? 니들 누구 때려서 뼈 부러뜨리거나 내장 파열시킨 적 있어? 나 태권도 3단인데, 내 주먹에 맞고도 실실 웃는 놈은 봤다. 야, 쳐서 언제 죽이냐? 졸라. 그럼 얼굴을 봐야 되잖아. 징그러워. 사랑하는 사이냐? 왜 마주 보고 조르고 지랄이야. 뒤에서 졸라, 새끼야. 누구 목 졸라 본 사람? 난 없는데. 나도. 넌? 나도 없어. 목 조르는 건 좀 그렇고. 그냥 발도 쓰고 손도 써서 막 치자. 발? 손 쓰는데 발은 못 쓰냐? 손은 표시 안 나고 발은 표시 나냐? 발자국. 아. 그럼 벗고 찰까? 내가 저 새끼 빼자고 했잖아. 왜, 새끼야! 우리 같은 사람은 신고 차는 게 더 나아. 맨발로 차면 니 발이 아프겠냐, 맞은 사람이 아프겠냐? 죽일 땐 죽이더라도 찰 땐 매너 있게 신발 벗고 차자고? 태권도 대련하냐? 도둑이나 신발 벗지, 새끼야. 맞다! 얼마 전에 어떤 도둑이 발자국 안 내려고 신발에 검정 비닐봉지 싸매고 어느 집에 들어갔다가, 바닥이 대리석이라 미끄러져서 뇌진탕으로 죽었다더라. 진짜? 뻥이지, 새끼야, 하하하. 저 미친 새끼 썩은 오다리 한꺼번에 처먹고 돌았나 봐. 뇌에 두드러기 났냐? 두드러기? 독살은 어때? 독살을 어떻게 우발적으로 하냐? 누가 하품하고 있을 때 우발적으로 입에 확 부어? 넌 왜 아까부터 우발적이라는 말에 꽂혀서 난리야. 범인은 있는데 범행 도구가 없는, 여기서 출발했잖아. 심증은 가는데 물증이 없는, 이게 꼭 우발적 살인은 아니잖아.

그러네. 난 왜 우발에 꽂혔을까. 아! 아씨……. 죄송합니다. 괜찮아요. 많이 묻었습니까? 털면 돼요. 너 의자 좀 당겨. 저 아저씨가 우발적으로 쏟고 가네. 아까 옆에서 한참 먹더라. 라면 국물 아닌 게 다행인 줄 알아라. 뭐냐? 몰라, 웨하스 가루처럼 바지에 막 달라붙는다. 땅콩강정이야. 봉지 북 찢어 놓고 먹더라고. 저 아저씨가 뭘 모르네. 땅콩강정은 마지막 가루가 진짠데. 입에 탁탁 털어서 목이 컥 막히게 먹어야, 아, 내가 한 봉지를 먹었구나 싶지. 맞아. 그런데 저 아저씨 헤비다. 진짜? 천상계야. 어쩐지, 아까 봤지? 죄송합니다— 먼저 그러잖아. 그거야 자기가 쏟았으니까 그러지. 꼰대들 은 지가 쏟고도 화내. 의자 똑바로 하고 앉으라고. 한두 번 보냐? 하긴, 아까 장비 창 여는데 식겁했다. 과금 아니면 그렇게 못 채워. 얼마나 했을까? 한 이천만 원? 요즘 그 정도 면 헤비도 아냐. 내가 볼 땐 최소 오천이다. 와, 새끼, 아이템 하나 달라고 하지. 거지가 헤비한테 어떻게 삥 뜯냐? 그럼 헤비가 거지한테 뜯냐? 저 아저씨 게임할 맛 나겠다. 새끼 들, 또 샜네 또 샜어. 야, 살인 사건은 셜록한테 맡기고 우리 는 이쪽에서 빠지자. 됐다, 니들하고 뭘 하겠냐. 알았어, 알 았어. 니가 고드름만 잘 만들어 오면 그때 도와줄게, 됐지? 가자. 늦었다.

이 새끼가 범행 도구니 고드름이니 하는 바람에 게임도 못 하고 겜방비만 날렸네. 아까 그 아저씨는 돈도 많은 거 같던데, 우리 겜방비 좀 내 주고 가지. 왜? 너한테 과자 쏟았잖아. 그 돈이면 눈꽃빙수 먹을 수 있는데. 거지냐? 바로 옆에서 헤비 보기는 처음이다. 어! 뭐야 저거? 사람 아냐? 가보자. 기절한 거냐, 죽은 거냐? 기절한 거 같은데? 이 아저씨 그 헤비 아냐? 맞지? 맞다. 일단 신고부터 하자. 어디다하지? 119, 병신아. 아저씨, 아저씨! 아 예, 여기 홈플러스 뒤에 엣지 PC방 들어가는 골목인데요, 사람이 쓰러져 있어요. 빨리요. 네. 모르겠어요. 네, 네. 온대. 우리도 같이 있어 주래. 그럼 그냥 가냐? 눈 떴다! 아저씨, 괜찮으세요? 누가 이랬어요? 어? 아저씨! 우리 보고 다시 기절했어. 설마. 나랑 눈 마주쳤는데 놀라는 것 같았어. 왜? 모르지. 니가 째려봤냐? 미쳤냐? 이번에는 진짜 죽은 거 아냐? 숨은 쉬는 것 같아. 119 왜 안 와! 다시 전화해 봐. 예, 아뇨, 아까 신고했는데요, 출발했어요? 예. 잠깐 눈 떴다가 다시 감았어요. 빨리와 주세요. 네. 누구한테 당한 거야, 혼자 쓰러진 거야? 야, 손대지 마! 왜? 119 온다잖아. 어? 온다, 여기요! 여기예요! 너희가 신고했니? 네. 너희 말고 또 누구 없었어? 없었는데요. 방금 저 PC방에서 나왔는데요, 이 아저씨가 쓰러져 있더라고요. 그래, 신고 잘했다. 저 아저씨 죽어요? 그 정도는 아냐. 너희 중학생이니? 고등학생입니다. 몇 학년? 1학년요. 혹시 연락할 일 생길지도 모르니까, 연락처 좀 주고 가. 네. 오…… 식겁했네. 근데 왜 우리 연락처를 달라고 했을까? 혹시 그 아저씨 깨어나면 사례금? 하하하. 니네 집에 무슨 일 있냐? 우리가 신고 안 했으면 죽었을지도 모르잖아. 돈 받으려고 신고한 건 아니잖아, 새끼야! 말이 그렇다는 거지, 이 새끼가 진짜! 내가 뭘! 농담이잖아, 새끼야! 쓰러진 사람한테 사례금 받는다는 말이 농담이냐? 그냥 농담이라고, 새끼야! 그만 좀 해! 니들은 어휴, 답이 없어요, 답이. 버스 왔다. 나 먼저 간다. 저 새끼는 또 왜 저래? 야, 우리도 왔다. 가자. 야, 나 아까 진짜 농담이었다. 알았다고, 새끼야. 빨리 타.

*

너희는 신고만 했다는 거지? 네. 자주 다니는 PC방이니? 아뇨. 어제 처음 가 봤어요. 근처 노래방 갔다가 시간이 애매해서 시간 때우려고 간 거예요. 무슨 시간이 애매해? 집에 들어갈 시간이요. 왜? 학원 땡땡이친 거 걸릴까 봐요. 왜 땡땡이쳤어? 학교 끝나고 배고파서 편의점에서 컵라면 사 먹었는데요, 얘 혼자 도시락을 사 먹은 거예요. 신제품이라고 니가 먹어 보라고 했잖아. 알았어, 그래서? 그래서 우리가 뺏어 먹었더니 금방 떨어져 가지고, 하나를 더 사서 같이 먹었거든요. 응. 그랬더니 너무 배가 불러서 학원 가기 싫어졌어요. 음……. 죄송합니다. 나한테 죄송할 일은 아니지. 그 아저씨는 괜찮아요? 괜찮아. 머리에 타박상을 입었는데 금방 깨어났어. 왜 그랬대요? 퍽치기 의심하고 있다. 오…… 다 털렸어요? 현금만. 그런데 우리는 왜 부르셨어요? 흠…… 피해자가 너희를 공범으로 지목했다. 아, 씨발! 물에 빠진 사람 구해 냈더니, 뭐야, 보, 야, 그거 뭐냐? 보라리? 페라리? 보따리, 새끼야. 맞아. 보따리 내놓으라고 하네. 니들 어제 PC방에서 살인 모의했다며? 우리가요? 냉동 탑차에 가두고 죽이자고 했다며. 누굴요? 모르지. 우리 그런 차 없는데요. 말 돌리지 말고. 왜 그랬어? 증인도 있어. 아…… 그거는요, 어제 제가 뉴스 기사를 봤거든요. 범행 도구는 있는데 범인이 없다. 그래서 우리끼리 반대로 상상해 본 거예요. 살인을? 예. 왜? 몰라요. 뭐? 그냥 재밌겠다 싶어서 소설처럼 한번 짜 본 거예요. 재미로 살인 계획을 짰다고? 예. 흠…….

좋아. 범인은 있는데 범행 도구가 없다, 이렇게 가정하고 짰다는 거지? 네. 그래서 뭐로 죽이기로 했는데? 고드름요. 고드름? 이 여름에? 만들려고 했습니다. 만들어? 어떻게? 얘네 집에 쭈쭈바 만드는 틀이 있다고 해서요. 쭈쭈바? 더위사냥처럼 아래가 요렇게 빠진 틀이 있어요. 니네 집에? 네. 거기다가 얼려서 아래를 송곳처럼 가는 거죠. 녹지 않을까? 그래서 범인을 냉동차 운전사로 정했어요. 고드름 녹지 않게 가지고 다니려고? 네. 불가능할까요? 완전히 불가능하진 않지. 뭐든 살인 도구가 될 수 있으니까. 그런데 아무리 잘 가지고 다녀도 요즘 같은 날씨면 냉동실에서 빼는 순간 녹을 것 같은데. 그래서 손으로 목을 조르기로 했어요. 그런데요, 손도 범행 도구에 속하나요? 별도의 흉기 없이 직접 손을 사용했다면 도구로 볼 수도 있지. 오……. 왜? 멋있습니다. 흠. 저기요, 형사님. 그 아저씨는 왜 우리를 공범으로 지목했어요? 너희가 살인 모의하는 것을 듣고 분위기가 심상치 않다 싶어서 얼른 나갔는데, 나가자마자 골목에서 괴한한테 당했거든. PC방하고 골목에 CCTV 있을 거 아니에요. PC방 CCTV는 확인했다. PC방에서 피해자와 한차례 마찰이 있었고……. 그건요, 그 아저씨가 나가면서 땅콩강정을 쏟았어요. 가루가 막 여기에…… 어른이라 참았어요. 니들은 누가 보기만 해도 기분 나쁘다고 때리지 않니? 우리가요? 니들 또래. 이상한 애들만 보셨어요? 이상하게 사고 친 애들이 주로 여길 오지. 어릴 때나 그러죠. 고등학생도 많이 와. 말이 안 되잖아요. 그 아저씨가 우리보다 먼저 나갔다니까요. 너희가 밖에 있는 누구한테 나간다고 신호 준 건 아니고? 누구한테요? 나는 모르지. 피해자가 그렇게 의심하고 있어. 아, 이래서 남 함부로 도와주지 말라는 거구나. 인사를 바란 건 아니지만요, 그 아저씨는 우리한테 고맙다는 말부터 해야 하는 거 아니에요? 땅콩강정 쏟고 나간 것도 모자라서 펙치기단으로 몰아요? 니가 어제 헤비라고 매너 있다고 했잖아. 매너는 씨…… 어쩐지 어제 눈 떴을 때 나랑 눈 딱 마주치니까 바로 끽 감더라고. 우리가 죽일 줄 알았나 보지? 그런데 헤비가 뭐냐? 헤비과금러요. 돈 무지하게 썼더라고요. 어디에? 게임에요. 어떻게 알아? 내 옆에서 했거든요. 그 아저씨 장비만 다 팔아도 외제 차 한 대는 살 거예요. 그래? 왜요? 아니다.

대질 심문 시켜 주세요. 누구랑? 그 아저씨랑요. 왜? 따져야죠. 나는 그 아저씨가 거짓말하는 것 같아요. 왜? 자작

극 냄새가 나요. 왜 그런 짓을 했을까? 우리는 모르죠. 혹시 우리가 돈 가져갔다고 해요? 아, 그 없어졌다는 현금? 맞다! 저 새끼 똑똑하니까 맞을 거야. 좆나 구린 헤비네. 거짓말 탐지기도 쓰자. 그래! 털자! 와, 나 벌써 떨린다. 형사님, 저 지금 되게 떨리는데 탐지기가 구분 못 하면 어떻게 돼요? 그거 아무 때나 하는 거 아냐. 살인 사건이 왜 아무거예요? 사람 죽지 않았다. 폭행 치산가요? 죽지 않았다고. 살인 미수? 상처가 경미해서 살인 의도는 없어 보인다. 조사하면 다 나와. 넌 여기서도 장난하냐? 뭐 새끼야, 조사해야지. 우리나라에도 과학 수사대 있어. 누가 없대? 답 없어 진짜. 그럼 이번 사건은 범행 도구도 없고 범인도 사라진 경우네요? 내가 이걸로 죽였습니다, 하고 범행 도구 들고 서 있는 범인은 거의 없어. 은폐하거나 조금 떨어진 곳에 버리지. 아, 고드름이면 완전 범죄인데. 그놈의 고드름, 형사님도 녹는다잖아! 그럼 드라이아이스는 어떨까? 잘 안 녹잖아. 왜 그 생각을 못 했지? 그거 함부로 잡으면 손 나가, 새끼야. 장갑 끼지? 장갑도 아무거나 끼면 안 돼. 막 달라붙어. 특수 장갑 있어야 돼. 어디서 구하지? 거기. 어디? 배스킨라빈스. 잠깐 빌리자. 저 새낀 진짜 빼야 돼. 잠깐 살인 좀, 그러고 빌릴래? 그럼 잠깐 알바하자. 누가, 너? 싫어, 새끼야. 나도 싫어,

새끼야. 그럼 알바를 꼬시자. 아…… 답답해, 그럼 니가 꼬
셔. 꼬시면? 걔가 가지고 온 장갑 끼고 드라이아이스로 고
드름 만들어서 죽여, 새끼야. 누가? 니가! 싫어, 새끼야. 형
사님, 쟤 좀 일관성 있지 않아요? 뭐가? 병신 같은 게. 하이
고……. 얘! 너 어떻게 된 거야? 엄마…….

어떻게 된 거예요? 고소라니요? 다행히 그럴 것 같지는
않습니다. 오해가 있었던 것 같아요. 이거 읽어 보시고 서명
하시면 됩니다. 살인 모의요? 얘들이요? 이 시간이면 얘네
학원에 있을 시간이에요. 너 이리 와 봐. 이거 니가 말한 거
맞아? 어. 너 어제 학원 안 가고 살인 모의했어? 학원을 가
려고 했는데……. 똑바로 말해! 너 이게 무슨 일인지 알고나
있어? 이게 다 무슨 말이냐고. 어! 엄마……. 아들! 너 어제
착한 일 하고 왔다면서 왜 여기 있어? 오셨어요. 저 얘 엄만
데요, 이리 좀 와 보세요. 나는 심장이 떨려서 읽을 수가 없
네요. 무슨 일이에요? 저도 잘 모르겠어요. 얘들이 어제 고
드름으로 사람을 죽이려고 했다네요. 고드름요? 네. 난 뭐
가 뭔지 하나도 모르겠어요. 얘, 너네 엄마는 언제 오신대?
아빠가 오고 계세요. 엄마야, 이게 다 무슨 소리야……. 너
이리 와 봐. 이 쭈쭈바 틀 우리 집에 있는 그거 말하는 거니?

어. 그걸로 고드름을 만들어서 죽인다고? 아니 그게……. 너 누가 그렇게 가르쳤어, 누가 그렇게 가르쳤어! 형사님, 잘못했습니다. 제가 애를 잘못 가르쳤습니다. 용서해 주세요. 아직 사람을 죽인 건 아니잖아요. 제가 단단히 말해 두겠습니다. 부탁드립니다. 엄마, 진짜로 죽이려고 한 게 아니라 그냥 재미로 짠 거야! 니가 엄마 죽는 걸 봐야 정신을 차리지. 아! 왜 때려! 진짜 아니라고! 아줌마…… 우리 진짜로 안 그랬어요. 그거 짜다가 너무 복잡해서 중간에 그만뒀어요. 경찰에서 지금 조사 중이거든요. 조사하면 다 나와요. 너 아버님 언제 오신대? 거의 다 왔을 거예요. 어, 선생님……. 그래, 잠깐만. 저, 얘 담임입니다. 네. 저는, 얘 담임이고요, 쟤네 담임은 지금 연수 중이라 못 왔습니다. 네. 어머님, 안녕하세요. 네, 안녕하세요.

그러니까 애들이 고드름 살인 사건을 모의했다는 거예요? 피해자도 있고? 아뇨, 선생님. 애들은 그냥 소설을 한번 써 봤답니다. 그 피해자와는 아무 상관 없어요. 그분이 쓰러진 걸 보고 애들은 신고만 했대요. 신고 안 했으면 죽었을지도 모르죠. 네에. 그런데 니들은 어떻게 그런 모의를 했니? 소설이라고요, 선생님. 우리 애 꿈이 작가잖아요. 그래서 한

번 써 봤나 봐요. 사람 죽이는 소설이 얼마나 많아요. 그 소설가들이 다 살인을 모의한 건 아니잖아요. 애들끼리 웃자고 장난으로 한 거랍니다. 살인을요? 자꾸 그렇게 말씀하시면 안 되죠. 설마 장난으로 살인을 하겠어요? 그러면요? 뉴스 기사를 보고 만약에, 여기서 출발했다잖아요. 애들이 그런 상상 좀 할 수 있죠. 살인을요? 아니, 선생님 왜 이러세요? 애들이 뉴스 기사를 보고, 만약에 다른 사건이라면 어떨까! 그렇게 추론해서 재구성해 봤다잖아요. 쓰여 있는 대로라면 재구성이 아니라 새로운 모의죠. 선생님은 얘들을 살인자로 보는 거예요? 형사님도 오해가 있는 것 같다고 하잖아요. 선생이라는 사람들이 말이야, 보고도 듣고도 이해를 못 해요? 어머님, 말씀을 그렇게 하시면 안 되죠. 저희도 애들이 이상한 일에 말려드는 거 원치 않아요. 지금 말려들었잖아요. 그럼 선생님들이 해결해야죠! 우리가요? 학부모들은 선생님들 믿고 학교에 아이 맡기는 거잖아요! 방과 후에 벌어진 일입니다. 방과 후 교육은 교육 아니에요? 그럼 부모님들은 뭐 하셨습니까? 애들이 학원도 빼먹고 노래방, PC방을 다니는데 관리 안 하십니까? 선생님, 방과 후 교육도 깔끔하게 하셔야지 왜 책임을 미루세요? 학교 왜 보내는데요? 그런 거 가르치라고 보내는 거 아니에요? 어머님, 어머님은 쟤 하나도 힘드시죠? 저희는 삼십 명 넘는 애들을 봅니다. 학교 끝나고 밤늦게 사고 치는 걸 우리가 어떻게 다 관리하죠? 사고라니요? 노래방 가고 PC방 가는 게 사고 치는 거예요? 평소 애들을 그렇게 보세요? 어머님, 쟤들이 그런 데 가서 여기 온 게 아니잖습니까. 이상한 모의를 했고, 사람이 다쳤습니다. 고소 사건이고요. 아직 고소 안 했습니다! 돈 받고 애들 보는 사람들이 이러면 안 되죠! 돈요? 월급 나누기 삼십 해 볼까요? 그러면 한 명당 얼마인지 아십니까? 그 돈으로 스물네 시간 봐 주길 바라십니까? 네, 알겠습니다. 월급 나누기 삼십. 우리 때는요, 한 반에 육십 명이 넘었어도 그렇게 말하는 선생님은 없었습니다. 말씀을 자꾸 이상하게 하시는데요, 돈 받고 애 본다고 하신 분은 어머님이세요. 알겠다고요, 애를 전학 보내든가 해야지 원. 엄마, 왜 그래……. 넌 저리 가 있어. 그만 좀 해. 뭘 그만해? 사명감이라고는 눈곱만큼도 없어. 어머님! 선생님, 참으세요. 말씀이 지나치잖아. 저도 한 반에 육십 명 넘을 때 학생이었습니다. 삼십 명이 아니라 육십 명이어도 가르칠 용의 있고요. 그런데 어머님 같은 분 만나면 다 때려치우고 싶어집니다. 애들만 아니면 벌써 때려치웠을 거라고요! 어머, 때려치우세요. 누가 말려요? 엄마! 뭐! 그만 좀 하란 말이야. 엄마가

틀린 말 했어? 어, 틀린 말 했어. 애를 학교에서 어떻게 잡았
기에……. 아, 쫌! 쫌! 쫌!

　이 새끼 어딨어. 아빠……. 너 무슨 정신으로 사는 거야,
어? 잘못했어요. 살인 모의? 너 오늘 경찰서에서 죽어, 자식
아. 잘못했어요. 잘못했어요. 아버님! 제가 잘 말했습니다.
오해가 있었던 모양입니다. 이거 안 놔? 당신 누구야! 애들
학교 선생님입니다. 진정하세요. 이러다가 애 죽겠습니다.
선생님, 면목이 없습니다. 아닙니다. 제가 진술서도 보고 이
야기도 들어 봤는데요, 토막토막 끊어서 들으면 분명히 오
해의 소지가 있습니다. 애들이 추론을 해 본 거예요. 실행에
옮기려고 짠 게 아니라요. 맞아요, 그냥 재미로 해 본 거예
요……. 재미로? 이 미친 새끼가 어디서 살인을 재미로 해!
아이고, 아버님, 애 죽습니다. 제발 그만하세요. 경찰은 뭐
하는 거예요! 좀 말려 주세요! 아버님, 저희가 조사 중인데
별일 없을 것 같습니다. 형사님, 총 있죠? 이 새끼부터 쏴 죽
이십시오. 아빠, 잘못했어요. 사람이 할 짓이 있고 못 할 짓
이 있지, 어디서! 아버님! 이러다가 애 진짜 죽습니다. 어머,
어떡해. 저기…… 저 애 엄마예요. 예, 안녕하세요. 네. 그만
하셨으면 좋겠네요. 애, 너 이리 와, 얼른. 얼굴 어떡해. 야,

괜찮냐? 그냥 두세요. 확 죽어 버리게. 어디서 사람 죽일 생각을……. 아니라고 했잖아요. 으흐흐……. 울어? 이 자식이 뭘 잘했다고 울어? 아버님, 제발요. 제가 학교에서 잘 타이르겠습니다. 제가 다 잘못했습니다. 선생님이 무슨 잘못을 하셨다고……. 니가 행동 똑바로 안 하니까 선생님까지 우시잖아! 경사님. 어, 갔다 왔어? 네. 그런데 피해자가 고소하지 않겠다는데요? 왜? 심경의 변화가 있었다고. 흠, 그 사람 신변 확보 잘해 둬. 예? 다른 것 좀 알아볼 게 있어. 왜요? 냄새가 난다. 알겠습니다. 저기, 조금 더 조사를 해 봐야 알겠지만, 애들 잘못은 없어 보입니다. 고소 얘기도 없던 걸로 하겠답니다. 그냥 가시면 됩니다. 더 궁금한 게 있으면 언제든 연락 주십시오. 형사님. 예. 흠, 면목 없습니다만, 선처해 주십시오. 이 녀석들 순진한 애들입니다. 잘 부탁드립니다. 다 끝난 일입니다. 괜히 나오시게 해서 저희가 죄송합니다. 착한 애들이에요. 어려운 사람 도와준 건 칭찬해 주십시오.

저기 선생님. 네. 아까는 제가 경솔했습니다. 아까는 저도 좀 서운해서, 죄송합니다, 어머님. 아니에요. 우리 애가 계속 저한테 뭐라고 해요. 애가 선생님 편을 드는 걸 보면 제가 잘못한 거죠. 아닙니다. 그런데 작가가 꿈인 줄은 몰랐습니다. 앞으로 그렇게 알고 관심 있게 보겠습니다. 고맙습니다. 당연히 해야 할 일인데요 뭐. 네, 그럼 먼저들 들어가세요. 네. 됐지? 엄마가 사과했잖아. 쪽팔려서 내일 학교에 어떻게 가. 사람이 실수도 하고 그러는 거지, 뭐가 쪽팔려? 됐어! 그나저나 쟤는 어떡하니. 집에 가서 또 맞는 거 아냐? 설마……. 왜, 너 걷기 힘들어? 아니. 그럼 빨리 걸어, 마. 아줌마들이 다 보잖아. 걷잖아. 너 엄마한테는 고드름의 고 자도 꺼내지 마, 알았어? 알았어. 들으면 엄마 기절하니까 아빠가 말한 대로 해. 누구 도와주다가 싸움 났었다고. 어. 새끼가 맞을 때만 존댓말이야. 저기요, 아버님. 아, 예. 얘 오늘 우리 집에 데리고 가면 안 될까요? 마침 애 아빠가 출장 가서 없거든요. 아닙니다. 지금 애 엄마가 기다리고 있습니다. 네에. 얘, 너 오늘 우리 집에 안 갈래? 괜찮아요. 아줌마 요리 잘해. 먹어 봤지? 네. 그런데 우리 엄마도 잘해요. 그래. 그래도 그냥 하는 말인데, 혹시 집에서 무슨 일 생기면 우리 집으로 와. 알았지? 하하하, 네. 웃는 거 보니까 좀 안심이 된다. 저기요, 우리는 방향이 달라서 먼저 가야 할 것 같아요. 네! 또 연락 오면 제가 나오겠습니다. 조심해서 들어가십시오. 안녕히 가세요. 잘 가라. 그런데 아저씨. 왜? 고드름 얘기 그거, 제가 먼저 한 거예요. 죄송합니다! 그래, 어머니 잘 모시고 들어가라. 네! 그럼 어머님은 제 차로 가시죠? 같은 방향이라고 들었는데. 택시 타고 가면 돼요. 아줌마, 우리 집 아줌마네 앞으로 가요. 엄마, 타고 가자. 그럼 그럴까? 신세 좀 지겠습니다. 신세는요.

마, 넌 왜 뒤로 타? 아주머니 불편하시잖아. 앞으로 와. 아니에요, 넓은데요 뭘. 나 애랑 할 얘기가 있어서. 하여간. 어? 잠깐 실례 좀 하겠습니다. 애 엄마한테 전화가 왔네요. 네, 어서 받으세요. 어, 별일 없지. 아무거나 먹어. 콩나물 있나? 있으면 김칫국이나 먹자. 안 돼. 김칫국에 콩나물 안 들어가면 무효야. 그래. 지금 가. 죄송합니다. 출발하겠습니다. 네. 야, 그런데 고드름 얘기 누가 먼저 했냐? 몰라, 이제는 나도 헷갈려. 저 새끼는 확실히 아냐. 왜? 저 새끼는 쭈쭈바잖아. 맞다. 그럼 난가? 넌 녹는다고 특수 요원 어쩌고 했잖아. 맞아. 그럼 너? 나? 난 오다린데. 맞아, 니가 한꺼번에 먹었지. 그런데 고드름은 오다리 전에 나오지 않았냐? 맞아. 우리 다시 처음으로 가 보자. 저 새끼가 뉴스를 봤어. 그러고는 말했지. 살인 사건이 벌어졌는데 범행 도구만 있고 범인이 없다. 어. 그런 다음에, 그럼 범인은 있는데 범행 도구가 없는 경우라면? 그랬지. 그래, 저 새끼가 그랬어. 그러다가 고드름 얘기가 나왔고. 맞아, 누가 그랬지? 니가. 내가?
어, 그래서 내가 말도 안 되는 소리라고 했고, 저 새끼는 괜
찮은 아이디어라고 했어. 맞다. 그래서 검색도 했지. 그래,
강원도! 나다. 너야. 그런데 저 새끼는 왜 지가 했다고 하고
갔지? 얻어맞더니 지가 한 줄 알았나? 내가 맞았지. 보면서
도 모르냐? 아……. 넌 어떻게 고드름 생각을 다 했냐? 순간
적으로 떠올랐지. 아까 형사도 가능하다고 했잖아. 맞아. 우
리가 완전히 잘못 생각한 건 아니었어. 얘들아……. 아, 왜
찔러. 그만해. 뭘? 그만하라고. 어머, 단지 안으로 안 들어가
셔도 돼요. 여기서 내릴게요. 금방인데요 뭐. 죄송해서. 덕분
에 편하게 왔습니다. 뭘요. 조심해서 가세요. 네에. 잘 가라.
그래. 내일 보자. 아들. 어? 이따가 집에 들어가기 전에 아빠
좀 보고 들어가자. 왜? 고드름이 궁금해서. 니가 한 말이었
다고? 아줌마! 왜? 오늘 자고 가도 돼요? 되지. 얼른 와. 아
들, 그냥 가만히 앉아 있어라. 네에…….

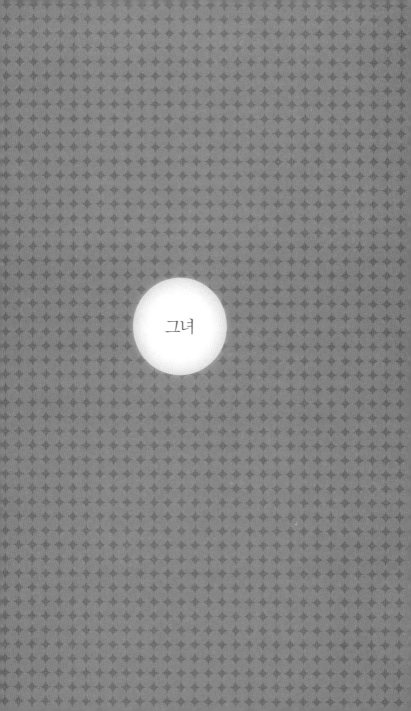

그녀

내가 그녀를 처음 본 것은 할아버지 장례식 때였다. 진칠리인지 진철리인지 전철리인지 매번 헛갈리는 시골 큰집에서다. 연로하신 할아버지만 빼고 큰집 식구가 모두 중국으로 여행을 떠났는데, 이틀 뒤 할아버지가 돌아가셨다. 가을걷이를 마치고 날이 더 추워지기 전에 다녀오라는 할아버지의 엄명으로 떠난 여행이었다.

　"우리 애들 남의 나라 한 번 다녀오는 것도 못 보고 눈감겠다."

　할아버지는 마을에서 누굴 만날 때마다 저런 말을 하셨다고 한다. 그래서 큰집 식구들은 등 떠밀리듯 떠났다가 여행지에서 비보를 듣고 말았다. 안 그래도 큰아빠는 할아버지 혼자 두고 가는 것을 영 편치 않아 했었다. 처음 가 본 해외여행을 이제 두고두고 후회할지도 모르겠다.

"내내 모신 큰아들은 마지막 가는 길도 못 지킨 불효자로 만들고, 막판에 패 뒤집듯이 둘째만 효도하게 했다. 영감님이 큰아들한테 무슨 억하심정으로 그랬는지 모르겠다."

"그리 말하면 안 돼. 이장 손이 언제 땅에서 떨어져 봤나. 그거 맘 아파서 좀 쉬게 해 주려고 그러고 간 거다."

"손발이 그렇게 안 맞나그래. 이장이 참 편하게도 쉬겠소이다."

"암만 그래도 맏상제가 임종을 못 지켰으니, 그동안 효도가 다 물 건너가 버렸다."

마당에 모인 할머니들이 그랬다. 그런데 임종을 지키지 못한 것은 우리 식구도 마찬가지였다. 마을 청년회장님의 전화를 받고 달려왔으니까. 청년회장님은 할아버지 혼자 식사는 잘하고 계시나 해서 큰집을 찾았다. 대답이 없어 방문을 열어 보니 자리에 그대로 누워 계셨다고 한다. 어르신, 하고 다가갔다가 아무래도 상태가 나빠 보여 바로 의사를 불렀다. 임종하셨습니다. 그러니까 우리 식구도 그런 연락을 받고 한걸음에 달려온 것이다. 여행은 4박 5일 일정이었다. 그 안에 무슨 일이 생기겠나 했는데 정말 큰일이 생겼다. 큰아빠가 중국에 온 첫날부터 너무 자주 전화를 해서 할아버지가 버럭 화를 냈다고 한다. 귀찮아서 살 수가 없다고. 그래서 다음 날은 고민하다가 전화를 미뤘는데, 아빠에게서 날벼락 같은 전화를 받은 것이다.

"지금 표 구하고 있으니까, 니가 아버지 옆에 좀 있어라."

먼저 도착한 아빠가 마을 어른들의 도움을 받아 장례 준비를 했고, 엄마는 어른들이 시키는 대로 음식을 준비하느라 바빴다. 나는 뭘 해야 할지 몰라 여기저기 기웃거리다가, 누가 부르면 달려가서 인사하고 간단한 심부름을 했다.

"이장 조카야! 이리 와 봐라."

한 할머니가 사랑방 문을 열고 나를 불렀다. 사랑방에는 노래방 기계와 간단한 방송 시설이 있었다. 할머니는 내게 방송을 부탁했다. 어떤 할머니를 불러 달라는 것이었다. 나는 조금 망설여졌다. TV에서만 보던 이장님 방송을 내가 해야 한다니.

"전화로 오시라고 하면 안 될까요?"

"왜, 너 이거 틀 줄 모르냐?"

"그건 아닌데요."

"뭐하러 전화비 쓰면서 그래. 여다 대고 와라, 하면 온다."

나는 전원을 찾는 척 시간을 끌었다. 미치겠네. 그랬더니 할머니가 능숙한 솜씨로 전원을 켜고, 마이크까지 손으로 톡톡 치며 방송 준비를 마쳤다.

"됐다. 인제 말하고, 다 하면 요거를 아래로 내리면 된다."

"예. 그런데 어떤 분을 오시라고 해요?"

"돼지 할머니. 돼지 쳤었거든. 인제는 안 쳐."

"네…… 아, 아, 저기, 돼지 할머니 마을에 계시면 이장님 댁으로 와 주세요. 저기…… 잠시만요. 할머니, 누가 찾는다고 할까요?"

"그냥 이리로 오라고 하면 된다. 빨리 오라 해."

"아, 아, 다시 한 번 말씀드립니다. 돼지 할머니 마을에 계시면……."

"즈그 집에 있어. 그냥 오라 해."

"그냥, 이장님 댁으로 와 주세요. 감사합니다."

"야, 야, 끄지 말고 나와 봐라."

나는 얼른 마이크 옆으로 물러났다.

"돼지야, 니 들었지? 여태 방구석에 누워 뭐 하나? 빨리 온나. 여 영감님 눈감았는데, 니 안 볼래? 아이고아이고, 만상제도 없는데, 이게 뭔 일이고. 아이고아이고……. 근데 돼지야. 니 중국 가 봤나? 우리도 함 가자."

그때, 바로 내 옆에서 방문이 왈칵! 열렸다. 얼마나 놀랐는지 나도 모르게 주먹을 꽉 쥐었다. 이번에는 어떤 할아버지였다. 이곳은 할아버지는 할아버지들끼리 할머니는 할머니들끼리 다 똑같이 생겨서, 소개를 받아도 다음 사람을 소개받으면 바로 잊어버리게 된다.

"이놈의 할망구가 실성을 했나! 어이? 니 미쳤나!"

"와 ─ 따, 가심이야. 사람 부른다, 사람!"

"중국이든 어데든 어르신 저승 가신 담에 가란 말이다! 니가 중국 가는 거를 와 거다 대고 떠드는데? 와, 신고산 타령 한번 부를래? 마이크 내리라 마!"

나는 얼른 마이크를 내리고 전원을 껐다. 할아버지 목소리가 얼마나 쩌렁쩌렁한지, 마이크에 대지 않고 말해도 마을 사람들이 다 알아들을 것 같았다. 돼지 할머니를 찾던 할머니도 화가 나서 같이 막 뭐라고 했는데, 나는 그 자리에 계속 있기가 민망해서 슬쩍 방을 나왔다.

사랑방에서 나오니 갈 곳이 마땅하지 않았다. 형들도 없고 여동생 상연이도 없고. 형들과 상연이 방에는 이미 손님들이 자리하고 있어서 들어갈 수도 없었다. 나는 마당 한가운데서 활활 타고 있는 화톳불 앞으로 갔다. 옆에 있는 잔가지도 넣고 괜히 불도 쑤시며 시간을 때웠다. 그나마 내 적성에 맞는 일이었다.

"상수야!"

엄마가 나를 부르며 눈을 찌푸렸다.

"왜?"

"그만해."

"뭘?"

엄마가 들고 있던 소쿠리를 내려놓고 다가왔다.

"캠프파이어 하니? 이 불 어쩔 거야. 사람들 있는 데서 엄마 큰소리 안 내게 해. 니 얼굴 지금 시뻘겋게 익었어!"

엄마 말을 듣고 보니 불길이 조금 높이 올라가기는 했다. 장작 몇 개 더 넣었을 뿐인데 끝나게 잘 탔다. 알았어, 하고 부지깽이로 타는 장작을 뒤집었다. 그랬더니 이번에는 불붙은 재가 반딧불이 떼처럼 촤아악 날아올랐다. 엄마가 내 등을 찰싹 때렸다.

"하지 말랬지!"

"아니 그게 아니라……."

"원래 그렇게 태우는 겁니다. 근데, 이장네는 어떻게 됐대요? 비행기 탔대요?"

사랑방에서 호통을 쳤던 할아버지였다.

"여행사에 사정을 얘기했더니 표를 구해 보겠다고 했대요. 한 비행기로 안 되면 나눠서라도 타고 오신대요."

"일 났구먼. 이장네 오면 힘들지 않게 단단히 준비해야 쓰겠습니다."

아빠는 할아버지 영정 사진을 대청마루에 놓고 한참을 보고 서 있었다. 까만 양복 입은 아빠 모습은 자주 봤지만, 팔에 상제 완장이 둘려 있으니 기분이 묘했다. 완장 때문인지 까만 양복에서 엄숙한 슬픔이 느껴졌다. 옷에서 이런 느낌을 받은 건 처음이었다. 사진 앞 빈 방석에는 두 줄짜리 완장이 놓여 있었다. 큰아빠 거였다. 나는 줄 없는 완장을 두르고 있었다. 왠지 몸이 무거워지는 것 같고, 함부로 행동하면 안 될 것 같아 조심스러웠다. 나는 부지깽이로 타는 나무를 슬쩍슬쩍 건드렸다. 괜히 푹 찔렀다가 아까처럼 불꽃이 올라올까 봐 여간 조심스러운 게 아니었다. 그리고 그때 그녀가 마당으로 들어섰다.

내가 그녀를 그녀라 부르는 것은 딱히 부를 호칭이 없기 때문이다. 나하고 학년은 같지만, 자퇴했다가 복학해서 나이는 두 살이 많다. 어른들은 자꾸 누나라고 하는데 나랑 동급생 아닌가. 쟤가 제대로만 다녔으면 벌써 고등학생이다. 어쨌든 제대로 안 다녔잖아요. 그렇다고 말을 놓기도 좀 그랬다. 여하튼, 그녀는 돼지 할머니 손녀였다. 할머니가 갑자기 몸이 아파서 대신 왔다고 했다.

"네. 그렇게 전해 드리겠습니다."

나는 정말 형식적인 말로 답례했다. 어쩌면! 어쩌면 저렇게 못되게 생겼을까. 보통은 첫인상이 나빠도 웃을 때만큼은 착해 보이는데, 그녀는 예의상 살짝 웃는 모습조차 못돼 보였다. 못된 짓을 하기 직전 씨익 웃는 그런 웃음 같았다. 그녀가 정말 못됐는지 아닌지 따위는 관심 없었다. 그냥 그렇게 못되게 생긴 애는 처음 보았을 뿐이었다. 신기하게도 똥글똥글한 몸마저 못돼 보였다. 온몸에 못됨을 장전하고 있다가 신호만 떨어지면 곧장 못됨을 발사할 것만 같았다. 그래 놓고 혹시 반전으로 알고 보니 효녀 심청이면 죽는다, 너. 다행히 그렇지는 않은 것 같았다. 방송을 부탁한 할머니가 그녀를 알아봤다.

"할머니는?"

"몸이 안 좋아서 못 와요. 가서 얘기하래요."

"하이고, 니가 어쩐 일로 심부름을 다 하러 왔냐?"

"할머니가 방송에 대고 막 뭐라고 하셨잖아요!"

"저, 저, 승질 나온다. 가만있어라. 뭐 좀 챙겨 줄 테니까 할머니 갖다 줘."

"됐어요. 내가 알아서 챙겨요."

그녀는 톡 쏘아붙이고 획 가 버렸다. 어른들이 괜히 관상을 보는 게 아니었다. 와, 얼굴에 대놓고 못됨이라고 쓰고 다니면서 진짜로 못되게 구니까 되게 신기했다. 어쩌면 착한 얼굴로 나쁜 짓 하는 애들보다 나을지 몰랐다. 적어도 얼굴에 속지는 않을 것 아닌가. 나는 이제 불장난은 그만하려고 부지깽이로 쓰던 잔가지를 화톳불에 던져 넣었다.

"어린 상제야. 여 가만히 있어라. 육개장하고 전 좀 싸 줄 테니까, 니가 돼지 할머니 좀 가져다줘라. 갑자기 어디가 안 좋은고."

할머니가 급히 안으로 들어갔다.

싸 주려면 찬합이나 보온병에 싸 주든가. 육개장은 사발에 담아 랩을 씌우고 전은 접시째로 대나무 채반에 올려 줬다. 새참 나가는 것도 아니고. 이미 어두웠지만 누가 볼까 봐 쪽팔렸다. 집도 찾기 힘들었다. 가 보면 딸랑 그 집밖에 없어서 금방 찾을 거라고 했었다. 느이 집 과수원 있잖아. 그래 저 비탈에. 고 끝날 때까지 올라갔다가 밑으로 내려가

다 보면, 저 멀리 귀신 집처럼 불이 하나만 들어온 집이 있어. 돼지가 돈 아낀다고 온 집의 불을 다 끈다. 그래도 방에는 켜지. 가면 알아. 가까이 갈수록 돼지우리 냄새가 나거든. 돼지 안 친 지가 언젠데 징글맞게 오래간다, 냄새가. 니는 서울 사람이라 더 멀리서도 맡을 수 있을 거다. 할머니는 가면 다 알게 돼 있다고 했지만, 한참을 가도 불 들어온 집은 보이지 않았다. 큰집 과수원을 지나면 남의 과수원, 그 과수원을 지나면 밭, 밭, 밭. 도대체 그녀의 집은 어디인가. 돼지우리 냄새도 나지 않았다. 나는 돼지우리 냄새를 맡아본 적이 없어서 사실 어떤 냄새인지도 잘 몰랐다. 중요한 것은 무서워지기 시작했다는 것이다. 여기는 무슨 해가 이렇게 빨리 질까. 멀리서 보면 산이고 가까이 가서 보면 밭인 그 어정쩡한 길에는 가로등도 없었다. 늑대가 울 것 같고 호랑이도 나올 것 같았다. 너무 멀리 왔다. 어쩌면 그녀의 집을 지나쳤을지도 모른다는 생각이 들었다. 아까 넘어질 뻔하면서, 전을 다시 정리하면서, 그녀의 집을 지나쳤을 것이다. 나는 오던 길로 되돌아갔다. 큰집 과수원까지 가는 것도 고역이었다. 저녁이 한밤중처럼 깜깜했다. 낮에서 바로 밤으로 가는 곳이었다. 귀신이 무서울까, 호랑이가 무서울까. 아니다, 귀신도 없고 호랑이도 없다. 그렇게 혼자 떠들며 겨우 비탈길 꼭대기에 도착했다. 다시 내려다보자. 도대체 어디에 있을까. 할머니 눈에는 보이는 집이 왜 내 눈에는 보이지 않을까. 여기서 보인다면 그리 먼 곳은 아닌 것 않은데. 결국 나는 최후의 방법을 써야 했다.

"돼지 할머니이! 돼지 할머니 어디 계세요! 국 가지고 왔어요!"

산이 쩌렁쩌렁 울리게 외쳤다. 산이라 그런지 소리도 왕왕 잘 울렸다. 몇 번 부르고 아무 대답이 없으면 그냥 갈 생각이었다. 못 찾아서 그냥 왔다는데 설마 뭐라고 할까. 목청껏 세 번을 외쳤더니 현기증이 났다. 씨발, 육개장이 뭐라고. 어쨌든 나는 최선을 다했다. 그러니 큰집으로 돌아가기로 했다. 발길을 돌리기 전에 마지막으로 한 번 더 외쳤다. 돼지 할머니이이이!

"야아아아아아아! 너 뭐야아아아아!"

저 소리는 몇 데시벨일까. 막 발길을 돌리는데, 산이 쩌렁쩌렁 울리다 못해 쩍 갈라질 만큼 큰 그녀의 목소리가 들렸다. 근처에 그녀의 집이 있는 것은 확실해 보였다. 하아. 한숨이 나왔다. 보통 이런 경우, 서울 남자애와 시골 여자애가 이룰 수 없는 사랑을 하고 눈물의 이별을 해야 하는 것 아닌

가. 물론 할아버지가 돌아가신 마당에 로맨스를 꿈꾸는 것은 아니지만, 저 못돼 처먹은 그녀 때문에 별 상상을 다 했다.

"너 뭐냐고오오오오오오!"

신이시여, 정녕 이 산에 귀신이 있다면 그녀에게 보내소서.

"돼지 할머니 먹으라고, 육개장하고 전 가지고 왔어요오 오!"

그녀에게 뒤지지 않으려고 더 크게 외쳤더니 성대 결절이 올 것 같았다.

"너 거기 꼼짝도 하지 말고 있어어어어어!"

저게 나를 언제 봤다고 너 너 하지? 그래, 차라리 와서 가져가라. 나는 그 자리에 떡 서서 그녀를 기다렸다. 곧 저 멀리서 정신없이 왔다 갔다 하는 도깨비불이 보였다. 요즘 시골은 도시하고 똑같다는데, 여기는 왜 이런 거야. 도깨비불이 점점 다가올수록 튀어야 하나 어째야 하나 고민됐다. 그러나 그것은 달려오는 그녀의 손에 들린 손전등이었다. 나는 채반을 똑바로 들고 그녀가 오기를 기다렸다. 그녀가 가까이 오더니 내 얼굴에 손전등 빛을 권총처럼 쐈다.

"너 뭔데 온 마을 사람 다 듣게 떠들어?"

"뭐가요?"

"아까부터 돼지 할머니, 돼지 할머니 그랬잖아!"

"이름을 모르는데, 그럼 뭐라고 불러요?"

"우리 이제 돼지 안 키워!"

"아까 그 할머니가 그렇게 불렀는데, 씨발 어쩌라고!"

"씨발? 야, 너 몇 살이야?"

"너랑 같은 학년이다."

"몇 살이냐고!"

"너랑 같은 학년이라고, 왜!"

"나 자퇴했다고 무시하냐? 내가 사고 쳐서 자퇴한 줄 알아? 내가 선택한 거야! 어른들이 시키는 대로 학교나 다니는 찌질한 새끼가······."

"야, 니 자퇴를 존중받고 싶으면, 가만히 학교 다니는 애들을 니가 먼저 존중해. 학교 다니면 다 찌질한 거냐? 그럼 왜 복학했는데? 나갔다가 다시 오니까 니가 대단한 것 같냐? 너 좆나 찌질해 보여."

"내가 복학하고 싶어서 한 줄 알아!"

"니 영웅담은 너 혼자 쓰고 혼자 완성하세요. 니가 나중에 좆나 빵빵한 사람이 돼 있으면 그때 기억해 줄게. 아, 쟤가 개구나. 근데 나 지금은 우리 할아버지 돌아가셔서 왔거든. 완장 안 보이냐? 상제가 니 할머니 아프대서 밥 가지고 왔잖아! 이거 니네 할머니 거니까, 가져가든지 말든지 알아서 해."

나는 채반을 바닥에 내려놓고 뒤돌아섰다.

"야, 우리 할아버지도 돌아가셨어!"

"씨발 그래서 어쩌라고! 동병상련 둘이 손잡고 처울까!"

나는 그대로 남의 과수원을 지나 큰집 과수원을 지나 반대쪽 비탈길을 내려왔다. 열 받아서 무섭지도 않았다. 뭐야, 저 거지 같은 건. 저만 성질 있나. 하긴 마을 할머니한테도 지랄하는데 나한테는 오죽할까. 남녀노소 안 가리고 싸가지 없게 행동해도 되는 특권이라도 있나? 겉과 속이 저렇게 똑같을 수가. 나는 큰집에 도착할 때까지 계속 씨발씨발하며 걸었다.

"산에서 막 소리친 게 너냐?"

"여기까지 들렸어요?"

"니 목청 하나는 끝내준다. 어쨌든 잘 갖다 줬냐?"

"할머니는 못 보고요, 아까 그…….'"

"누구, 미진이?"

"아, 네…… 중간에서 만나서 가져갔어요."

"그래서 둘이 소리소리 질렀구먼."

"근데요, 할머니. 돼지 할머니, 그렇게 부르면 안 되나 봐

46

요?"

"미진이가 뭐라 했구나? 그게 입에 배 가지고."

돌아가신 그녀의 할아버지는 오래전 돼지를 키웠다. 그런데 돼짓값이 사룟값도 못 건질 만큼 계속 떨어져 무척 힘들어했다. 몇 해 전에는 구제역까지 발생해 돼지를 모두 폐사시켰다. 그리고 그때 할아버지가 스스로 목숨을 끊었다. 그녀의 할아버지는 그렇게 돌아가신 거였다. 그때부터 그녀의 집은 돼지를 키우지 않았다. 나는 그녀가 돼지를 치는 것을 부끄러워하는 줄 알았다. 그게 뭐가 부끄럽다고 나 같은 걸 붙잡고 지랄하나 했던 것이다. 나도 신경이 예민해져서 몰아붙인 면이 있지만, 그녀도 잘한 것 없었다. 내가 아무것도 모른다는 것을 알 텐데, 우리는 그렇게 부르는 것을 좋아하지 않는다 말했으면 바로 고쳤을 텐데, 난데없이 자퇴니 학생이니 몇 살이니 하면서 따지니 나도 꼭지가 돌아버렸다. 처음 만난 나이 많은 동급생 여자하고 내가 그렇게 싸울지 누가 알았나. 기분 참 엿 같았다.

"니도 밥 먹어야지?"

"이따가 먹을게요."

"가서 아빠 챙겨라. 같이 밥 먹자 해."

"예."

"아빠, 아빠는 왜 여기 잘 안 오려고 해?"

"오면 자꾸 싸우니까."

"누구랑?"

"그게 누구든……. 여기만 오면 싸우게 돼."

아주 오래전부터였다고 했다. 마을 어른들은 덕담이라고 생각해서 하는 말이었겠지만, 아빠는 그 덕담을 들을 때마다 늘 빚을 짊어진 느낌이었다고 했다. 커서 부모님께 효도해야 한다. 네. 이제 중학생 됐으니 부모님 많이 도와 드려야 한다. 네. 벌써 고등학생이냐? 이제는 집안일도 책임지고 그래야지. 네. 대학생이면 이제 어른이다. 농사일을 형한테만 맡기면 안 된다. 네. 군대 가나? 나라 잘 지키고 온나. 예. 취직했다고? 인자 우리도 니 덕 좀 보자! 덕담은 아빠가 결혼할 때도 나를 낳았을 때도 끝나지 않았다. 만나는 사람마다 지치지 않고 덕담을 하니 아빠는 덕담이 얹힌 것 같다고 했다. 오랜만에 와서 밥만 먹고 가나? 니 형 허리도 안 좋은데, 이 밭 니가 다 갈고 가라. 그렇게 빤빤 놀다가 낭중에 어르신 돌아가시고 땅 쪼개 달라면 안 된다. 여기 땅은 니 형 거란 말이다. 그러면 큰아빠가 나서서 말렸다. 그래도 덕담은 끝나지 않았다. 아빠가 끝내 못 이겨 자리에서 일어나면 농담도 못 듣는다고 핀잔까지 얹었다. 아빠는 부모님 땅에 관심도 없다고 했다. 설사 관심이 있다 해도 왜 마을 사람들이 이래라저래라 하는가. 왜 남의 재산 걱정을 농담으로 하나. 농사가 잘 안된 철에는 형이 힘드니 좀 도와주라고 하고, 너무 잘된 철에는 형 대신 좀 팔아 보라고 하고. 우리집 일, 우리가 알아서 하겠습니다! 그러니까 마을 사람들과 마주치기 싫어서 고향에 잘 오지 않는 거였다.

"근데 아빠…… 나도 아까 누구랑 싸웠어."

"누구?"

"돼지 할머니 손녀라던데."

"어, 그 댁 얘기는 들었다. 왜 싸웠어?"

"내가 돼지 할머니라고 했다고 막……."

"이제 그렇게 부르지 마. 듣기 싫을 거야."

"난 몰랐잖아."

"알아. 그러니까 이제부터라도 그렇게 부르지 마."

"나 여기 별로야."

후후후, 하고 아빠가 바람 빠지는 소리로 웃었다.

큰집 식구들은 한밤중에 도착했다. 성수기여서 비행기표를 구하기가 만만치 않았던 모양이었다. 할아버지 소식을 듣고 종일 공항에서 대기하고 있다가 겨우 탔다고 했다. 아빠가 형! 하고 달려갔다. 큰집 식구들이 울음을 터뜨리며 달려왔다. 어쩌면 저렇게 다섯 명이 똑같이 새파란 잠바를 입었을까. 밤에도 선명하게 보일 만큼 새파아란 잠바였다. 스머프 가족……. 여행 간다고 산 것 같은데, 형들하고 승연이까지 왜 덩달아 저렇게 입었을까.

"고생했다. 아버지 뵙고 나오마. 다들 옷 갈아입어라."

큰아빠가 아빠 어깨를 다독이고 마루로 올라갔다. 큰엄마도 엄마와 무슨 얘기를 하다가 큰아빠 말에 서둘러 마루로 올라갔다. 나는 형들하고 제대로 인사도 못 했다. 조금 뒤 큰집 식구들이 상복으로 갈아입었다. 모두 많이 울었는데, 특히 큰아빠는 이마를 바닥에 붙이고 울음을 멈추지 못했다. 죄송합니다, 아버지.

"아이고, 우리 이장 불쌍해서 어쩌나……."

"인자라도 왔으니 됐다."

"쟈들 먼 길 와서 배고프겠다. 거기 있냐? 얼른 이장네 밥 챙겨라."

정말 너무 똑같이 생겨서 구분이 잘 안 되는 할머니 할아버지들이 큰집 식구들을 챙겼다. 가만히 듣고 있으면 돌아가신 할아버지보다 큰집 식구들을 더 걱정하는 것 같았다.

한참을 울던 큰아빠가 일어나 옷매무새를 가지런히 했다. 그리고 대청마루에 서서 큰집 형들을 불렀다.

"상천이 너는 방마다 불 넣고, 상남이 너는 광에 있는 돗자리 다 내와서 마당에 자리 잡아라. 상수야."

"네."

"니는 먼저 와서 고생했을 긴데, 조금만 더 하자?"

"예."

"상남이 형아 따라가서 천막 받아 온나."

"예."

갑자기 다들 분주해졌다. 큰아빠가 대문 옆에 빨간 근조 등을 달았다. 마을 사람들은 이제야 상갓집 같다며, 역시 이장이 있어야 한다고 입을 모았다. 큰아빠는 칭찬도 잘했다. 아빠에게 할아버지 영정 사진은 어떻게 알고 올렸냐고 묻고, 아빠는 형이 전에 미리 찍어 뒀다고 말한 게 기억났다고, 조금 작지 않으냐고 물었다.

"아니다. 딱 좋네. 잘했다."

엄마에게는, 제수씨 음식 준비하느라 고생했지요? 하고 물었다.

"마을 어른들이 알려 주신 대로만 급하게 했어요."

"알려 줘도 어려운 것들 아닙니까. 잘하셨습니다."

큰집 첫째 상천이 형에게는, 너는 불을 잘 만지니 마당에 화톳불을 더 놓아라, 둘째 상남이 형에게는, 너는 손이 바지런하니 천막 대를 세워라, 그리고 나한테는 싹싹하니까 손님들 음식 부족하지 않게 잘 나르라고 했다. 막내 여동생 상연이는 아직 초등학생이라 큰엄마 옆에 딱 붙어 있었다. 나는 음식을 조금 나르다가 재미가 없어서 상연아, 하고 불렀다.

"오빠, 상남이 형 도와줘야 하니까, 니가 어른들 음식 좀 가져다줘."

"어."

나는 작은형에게로 갔다.

"형, 내가 도와줄게."

"그래, 거기 끈 좀 잡고 있다가, 내가 당기라고 하면 당겨."

나는 처마와 연결된 긴 줄을 잡았다. 작은형이 당겨! 하기에 힘껏 당겼더니 천막이 텐트 바람막이처럼 펼쳐졌다. 운동회 같다,는 생각을 잠시 했다. 큰형이 마당 군데군데에 화톳불을 더 피우니 찬 기운이 조금 사라졌다. 큰아빠가 오고 손님들도 더 북적북적해졌다. 모두 집에서 큰아빠가 오길 기다리고 있다가 도착했다는 소식에 우르르 몰려온 것 같았다. 이제 마을 아주머니들까지 거의 다 와서 우리가 음식을 나를 일도 없어졌다. 나는 작은형과 함께 큰형 근처의 화톳불 옆에 자리 잡고 앉았다.

"형, 우리는 어디서 자?"

"저 아랫방에 형이 불 넣어."

"언제 자?"

그랬더니 큰형이 우리에게 상연이 데리고 들어가서 자라고 했다. 나는 예의상 한 번쯤은 괜찮다고 하려고 했는데, 작은형이 벌떡 일어나는 바람에 못 이기는 척 따라 일어났다. 그리고 상연이를 불렀다. 상연아······.

대문 바로 옆에 있는 아주 작은 방이었다. 명절 때 할 일 없이 빈둥거릴 때나 들어왔던 방. 명절이래도 하루 정도 자고 금방 서울로 돌아가서 큰집을 구석구석 알지는 못했지만, 이 방은 그래도 낯익었다. 언제나 식량 창고처럼 고추, 마늘, 나물, 쌀, 메주 같은 것들로 꽉 차 있었다. 큰엄마가 전쟁이 나도 이 방에 있으면 굶어 죽지 않을 거라고 했던 기억이 있다. 나는 도둑이 먼저 들면요? 했다가 엄마한테 꾸지람을 들었다. 집에 갈 때마다 할아버지가 이 방에서 뭔가를 잔뜩 꺼내 우리 차에 싣기도 했다. 상수야, 방에 가서 검은 봉다리 묶어 놓은 거 가져온나. 할아버지가 그렇게 말할 때의 방은 거의 이 방이었다. 그런데 그 식량 창고 같던 방이 싸악 바뀌었다. 그렇다고 식량들이 사라진 것은 아니고, 선반을 짜서 올릴 것은 올리고 싸악 정리가 되었다.

"형, 이 방 되게 좋아졌다."

"아부지가 얼마 전에 방마다 새로 도배했다."

"왜?"

"지저분하니까 했겠지."

나는 두꺼운 이불 속으로 쏘옥 들어갔다. 따뜻했다. 상복이 얇아 밤이 되니 무척 추웠었다. 상연이에게는 베개와 이불을 따로 챙겨 주고, 나는 작은형과 한 이불을 썼다.

"형, 돼지 할머니네 있잖아. 거기 좀 이상한 애 살지?"

"미진이. 너 어떻게 알았냐?"

"아까 싸웠어."

"싸웠어? 하하하."

"애가 좀 이상하더라고."

"걔 진짜 이상해."

그녀는 돼지 할아버지가 돌아가시자 홀연 나타나 할머니와 살기 시작했다. 할머니 혼자는 적적해서 영혼이 자유로운 손녀와 함께 살기로 했다는데, 그녀는 싸가지가 자유로운 영혼이었다. 어른들이 뭐라고 하면 한마디를 지지 않고 근데요, 그래서요, 뭐요, 하고 바로 되받아친다는 것이다. 이 마을 씨가 아니면 벌써 내쫓았을 텐데 할머니네 씨인 것은 분명하고, 마을에 젊은 사람이 줄어드는 마당이라 그냥저냥 봐준다고 했다. 여기에서 살려면 마을 사람들이 봐줘야 하나 보다.

"근데, 걔 오고 어른들 잔소리도 많이 줄었다. 여기는 대문 나와서 버스 탈 때까지 그냥 지나치는 법이 없거든. 재수 없으면 버스에서도 잔소리 듣는다."

"나한테는 안 그러던데……"

"작은아빠가 마을 어른들하고 한바탕했었잖아. 작은아빠 그러고 간 뒤에 여기 난리도 아니었다. 두 사람만 모이면 작은아빠 욕했어. 아니다, 혼자서도 욕하는 할머니 봤다. 오줌 싸면 소금 줘 가면서 키웠더니 저 혼자 큰 줄 안다고."

"누가 아빠를 키워?"

"여기 마을 분들은 애를 다 같이 키운다고 생각하거든."

"말도 안 돼."

"여기선 돼. 그 일 있고 나서 할아버지가 사람들 인사도 안 받았어. 그래서 마을 청년회에서 어떤 할아버지가 대표로 인사 왔는데, 우리 할아버지가 그러더라. 객지에 나가 사는 애들이 집에 오면 좀 그냥 둡시다. 내 집이다 쉬러 오는데, 뭔 말 짐을 그렇게 올립니까. 걔들은 객지서 놀다 옵니까. 우리 집만이 아니라, 저 동주네, 상희네, 두현네, 그 아들 왜 안 오겠습니까. 좀 그냥 둡시다 마!"

작은형이 말하는 그 사건은 나도 기억한다. 내가 초등학생 때 어느 추석날이었다. 차 막힌다고 일찍 서둘렀는데, 그때 어느 할아버지가 우리 차 앞으로 다가왔다.

"가나?"

"예."

"느이 형하고 형수 용돈 좀 챙겨 줬나? 맨날 얻어만 먹으면 안 되지."

"하아, 안 얻어먹어요. 네, 전 안 얻어먹을 테니까, 그만하세요, 좀!"

"하이고, 니 차에 그득그득 실은 건 다 뭔데?"

아빠는 차에 실린 고춧가루며 쌀이며 콩들을 다 집어 던졌다.

"인제 됐지요? 형한테 용돈을 주든 집을 사 주든 내가 알아서 합니다. 왜 줘라 마라 합니까, 예? 내가 용돈 안 준다고 형이 뭐라고 하고 다닙니까!"

그 바람에 뭐여, 뭔 일이여, 하고 어딘가에서 마을 어른들이 속속 나타났다. 저놈아 왜 저러는고? 이놈아가 어디서 배운 버르장머리여! 니가 배가 불렀구나. 정말이지 다들 속 사포처럼 아빠를 몰아붙였다. 나도 아빠가 어른들한테 그렇게 화내는 걸 처음 보았고, 집에서도 그런 모습을 본 적이 없어서 무척 놀랐다. 바로 그 사건이다. 며칠 뒤에 할아버지한테 전화가 왔는데, 그때는 아빠가 조금 불쌍해 보였다.

"잘못했습니다, 아버지. 예, 반성하고 있습니다. 예, 그렇게 하겠습니다."

며칠 뒤, 아빠가 집어 던진 것보다 더 많은 것들이 집으로 배달됐다. 그리고 아빠는 애처럼 으흐흐 소리를 내며 정말 크게 울었다. 그렇게 우는 아빠가 불쌍해서 나도 조금 울었다. 그러니까 왜 집어 던졌어. 까만 콩이 막 염소 똥처럼 굴러다니고, 나도 좀 무서웠어, 아빠…….

아빠가 그렇게 한 덕분인지 마을 사람들이 우리 식구한테는 덕담을 매우 조심스러워했다. 왔냐? 언제 올라가냐? 이제 가냐? 조심해서 올라가라, 그 정도. 물론 아빠도 그 사건 다음에 와서는 마을 어른들을 일일이 찾아가 용서를 빌고 다녔다.

"됐다, 다 잊었다. 밥은 먹었나? 안 먹었으면 먹고 가자. 아 참, 니 온대서 약과 해 놨는데 가져가라. 니 그거 안직 좋아하지? 특별히 니 거만 가운데 곶감 박았다."

"그걸 어떻게 기억하세요?"

"니가 약과도 좋고 곶감도 좋다고, 두 개를 겹쳐서 먹고 다녔잖아. 봐라, 해 놓고 나니까 나도 웃음이 나데. 이게 어데 음식이고? 하하하."

그렇게 아빠가 잘못을 빌고 돌아올 때는, 손에 뭔가가 가득 들려 있었다.

여하튼, 잠시 잠잠했던 마을에 그녀가 나타났다. 콩알만 한 그녀가 다 쓰러져 가는 제 할머니네로 온 것이다. 대체 부모는 어디다 던져두고 혼자 와서 사람들 속을 긁는 것인지. 사람들은 이제 모이기만 하면 그녀 얘기를 했다. 가만두면 굶어 죽을 것 같아 십시일반 부식이니 연료니 모아 가져다주면 받기는 또 잘했다. 뭐라고 했다가는 할머니 혼자 두고 떠날까 봐 함부로 말도 못 하고, 그저 혀를 차는 것밖에 딱히 할 게 없었다. 니 공책 살 돈은 있냐? 네. 승질부리다 굶어 죽으면 니 인생만 아까운 거여. 안 죽어요. 저 가시나 때문에 내가 먼저 죽겠네……. 요즘 아들이 다 저러는 거여,

저 가시나만 저러는 거여? 그녀의 못됨은 급기야 도도하기
까지 했던 것이다.

"도대체 왜 그러는 거야? 사람들이 아빠한테 한 것처럼
똑같이 해서? 그럼 열은 받을 것 같은데."

"아니, 그냥 싸가지가 없어."

"아……."

"처음 올 때부터 그랬어."

"형도 싸웠어?"

"걔랑 안 싸운 애 없을걸?"

"난 이유가 있을 것 같기도 한데……."

"야, 못된 건 그냥 못된 거야. 없는 이유를 니가 만들지
마. 놀부는 무슨 이유가 있어서 놀부 됐냐? 지랄 떠는 거랑
영혼이 자유로운 건 완전 별개야. 지 눈에는 다른 사람들이
다 병신 같아 보이는 거지. 그럼 누가 병신이겠냐? 걘 그냥
미친년이야."

"형 혹시, 걔한테 맞았어?"

"그런 애한테 맞았을 땐, 미친개한테 물렸다고 하는 거
야."

"그래서 물렸어?"

"야, 내가 지난번에 쌀을 이십 킬로나 들고 걔네 집에 갔

거든. 우리 과수원 넘어서 한참을 내려가야 나와. 완전 햅쌀이었어. 돼지 할머니가 고맙다고 하는데, 걔가 뭐라는 줄 아냐? 가지고 왔으면 창고에 잘 넣어 봐. 씨발, 열 받아 가지고. 니가 먹을 건 니가 넣어, 그랬더니 그럼 도로 가져가래. 그래서 마당에 확 던져 놓고 왔잖아. 내가 배달 갔냐?"

"형, 아무래도 우리 식구들은 던지기를 잘하나 봐."

"왜?"

"난 아까 채반에 음식 가지고 갔다가, 열 받아서 바닥에 던졌어."

"잘했어. 엄마는 자격지심 때문에 그런다는데, 웃기지 말라고 그래. 자격지심 있는 사람한테는 다 발발 기어 줘야 하냐? 나도 형보다 공부 못해서 자격지심 있다, 씨발. 지네 집 힘든 거 알고 마을 사람들이 도와주는데 얼마나 더 잘하냐? 성의도 몰라, 그 미친년은. 신경 쓰지 마."

"시끄러워! 계속 떠들 거면 나가서 떠들어! 엄마, 오빠가 또 미진이 언니 욕해!"

상연이가 빽 소리를 질렀다. 상연이는 반 애들한테 중국 간다고 엄청 자랑했는데, 중간에 돌아와 무지하게 열 받은 상태였다. 그러나 일이 일인지라 대놓고 짜증을 낼 수는 없었다.

"야, 내가 언제 욕했어? 까불지 말고 너나 빨리 자라."

상연이가 이불을 홱 뒤집어썼다. 나는 서울로 가면 그만이지만, 작은형은 앞으로도 무지하게 그녀를 신경 써야 할 것 같았다.

그것이 그녀에 대한 내 마지막 기억이었다. 할아버지 장례식은 오일장으로 치러졌는데, 매일매일 누가 울면서 들어오거나 아니면 누굴 부르면서 들어오는 바람에, 하필 대문 옆방을 받은 나는 맘 놓고 잘 수도 없었다. 어른들이 울면 나도 코끝이 찡해져 덩달아 조금 울고, 어른들이 웃을 땐 초상집에서 저렇게 웃어도 되나 신기해서 나도 실없이 웃었다. 할아버지 상여가 나갈 때는 울음을 너무 꾹꾹 참아서 가슴이 아프기까지 했다. 왔으면 왔냐고, 가면 가냐고 어깨 툭툭 쳐 주던 할아버지가 이제 정말로 집을 떠나는 길이었다. 외할아버지도 일찍 돌아가셨는데. 이제 나에게는 할아버지가 없다. 자주 만나지는 못했지만 그래도 내가 어렸을 때 그린 가족 그림에는 늘 할아버지가 있었다. 우리 할아버지예요. 같이 사니? 아니요, 시골에 살아요. 몰랐는데, 내가 할아버지를 참 좋아했던 모양이다. 장례를 마치고 큰아빠와 아빠와 큰형은 일일이 마을 어른들을 찾아가 인사를 했다. 그리고 우리는 집으로 돌아왔다. 차를 타고 오는 동안 계속 그녀가 떠올랐다. 정말로 태어날 때부터 못된 아이였을까. 왜 그렇게 됐을까. 참 이상한 그녀를 만났다. 다시 만나고 싶냐고? 노 노 노. 꿈에서라도 만나고 싶지 않다. 꿈에서 만나고 싶은 사람은 할아버지뿐이다.

미진이

과외. 괜찮아 보였다. 사실 나는 떼로 배우는 학원보다 피아노, 바이올린을 배울 때처럼 개인 레슨이 더 좋았다. 안 그래도 지금 학원은 애들도 마음에 들지 않고 선생님들도 별로였다. 공대 다니는 수학 과외 선생님, 근사했다. 짝꿍 정희가 배우는 선생님인데 한 자리가 비었다고 했다. 나까지 하면 딱 셋. 정희와 같이 찍은 사진을 보니 스타일도 좋았다. 인기 선생님이라 빨리 결정해야 한다고 했다. 나는 걱정 말라고 하고 서둘러 집으로 왔다.

집에 들어설 때부터 분위기를 조장했다. 내가 지금 얼마나 심각한 상황인지 엄마 아빠가 깨닫고 긴장해야 했다. 들어오자마자 곧장 내 방으로 들어갔다. 엄마가 곧 문을 두드릴 것이다. 왜 그래? 무슨 일 있어? 하고 물으면 약간 시간을 끌었다가, 나 학원은 도움이 안 되네, 그래서 과외 하려고, 이렇게 말문을 트면 된다. 그런데 아무 반응이 없었다. 살짝 예상이 빗나갔지만 조금 더 기다렸다. 식탁 유리에 숟가락 부딪치는 소리가 들렸다. 엄마 혼자 밥 먹나? 설마. 평소 같으면 딸 뭐 해? 왜 안 나와? 등등의 레퍼토리를 쏟아내야 했다. 엄마가 요즘 왜 저럴까. 곧 싱크대에 물 쏟아지는 소리까지 들렸다. 벌써 다 먹었나? 억지로 문을 열고 나가 밥을 먹다가 결국 숟가락을 탁 놓고 일어서야 효과가 좋은데. 슬슬 열이 올랐다. 나는 화장실 가는 척 밖으로 나왔다. 엄마가 밥그릇을 씻고 있었다.

"혼자 먹었어?"

"너 안 나와서. 먹을래?"

"안 먹어."

엄마는 내 말이 끝나자마자 뒤돌아 나머지 설거지를 했다. 그리고 곧 안방으로 들어가 버렸다. 나는 괜히 화장실로 들어가 손을 씻고 나왔다. 닫힌 안방 문에 귀를 대 보니 아무 소리도 나지 않았다. 정희한테 오늘 밤에 말해 주겠다고 했는데. 방문을 살짝 열었다. 슬쩍 간 보고 아니다 싶으면 내일 아침으로 미룰 참이었다. 엄마가 침대에 누워 있었다. 나는 목소리를 깔고 물었다.

"엄마, 자?"

"아니, 왜?"

"할 말이 있어서."

"들어와."

엄마가 일어나 침대에 걸터앉았다. 그러고는 왜? 하고 물었지만, 나는 한껏 뜸을 들였다. 상당한 고민 끝에 힘겹게 하는 말이라고 암시해야 했다. 괜히 머리도 뒤로 넘겨 보고 한숨도 깊게 쉬었다. 그런데 그사이에 엄마가 먼저 말했다.

"할 말 없으면 나가."

나가……라고? 뭐야 재수 없게. 갑자기 웬 어울리지도 않는 근엄. 웃기지도 않았다. 그래서 할 말을 빨리 해 버렸다. 나도 빨리 나가고 싶었다.

"나 과외 받을 거야."

"통보니?"

통보? 이 또한 엄마가 잘 쓰지 않는 말이었다. 그래, 통보야. 내가 지금 과외를 하겠다고. 하마터면 바로 맞받아칠 뻔했다. 그런데 바로 이어진 엄마 말에 기가 막혀서 말문이 막

히고 말았다.

"대체 너는 무슨 근거로 그렇게 당당하니?"

이쯤 되니 불안해지기 시작했다. 뭐야, 저 말투와 확신에 찬 얼굴은. 최근에 내가 무슨 잘못이라도 했나? 교통 카드 충전한 걸로 뭐 사 먹은 거? 얼마 전에 충전해 놓고 아니라고 박박 우긴 거? 보통 때 엄마라면, 요즘 사정이 안 좋은데 과외를 꼭 지금 해야겠어? 조금만 더 생각해 볼래? 그런 식으로 말했을 것이다. 그런데 요즘은 내가 뭘 잘못했기에 저러는 걸까. 불만 가득한 얼굴로 자기 일만 딱 하고 방에서 잘 나오지도 않았다. 딸이 부족한 것이 있어서 좀 더 배우겠다는데 왜 저래? 내가 놀겠대? 공부하겠다고.

"내가 당당하지 못할 게 뭐가 있는데?"

"너는 너를 무엇으로 증명해 봤니?"

"뭐라고?"

"니가 뭔데 네 결정을 부모한테 함부로 통보해. 명령이야?"

"그래, 명령이야! 엄마가 마음대로 낳았으니까 당연히 책임도 져야지!"

"어떤 생명도 지가 승인하고 태어나지 않아. 니 말대로라면, 내 마음대로 낳았으니 니 생명권도 내가 쥔 거니? 죽여도 돼?"

다리에 힘이 풀렸다. 죽여도 돼? 우리 엄마가 맞는데 엄마가 아닌, 우리 엄마가 아닌데 엄마가 분명한, 이상한 상황이었다. 너는 너를 무엇으로 증명해 봤니? 실은 거기서부터 나는 이미 말이 꼬였다. 나는 ……했다, 혹은 ……이다,에서 당당하게 가운데를 채울 말이 없었다. 분명 늘 뭔가를 했는데 왜 저 공백을 채울 근거가 없는 걸까.

"나도 열심히 했어. 결과로만 얘기하지 마."

"결과적으로 완성된 사람들 겉으로 흉내만 냈지. 그들이 병신같이 몰두하는 과정은 병신처럼 무시하고. 그런데 넌, 병신처럼 몰두해도 안 돼. 그냥 평범한 애거든. 너 전혀 특별한 사람 아니야. 명심해."

나는 그대로 안방을 나왔다. 진정이 되지 않았다. 옷장을 차고 책상에 놓인 거울을 집어 던졌다. 자기가 특별하지 않게 낳아 놓고, 특별한 애가 아니니까 명심하라고? 그래서 어쩌라고. 평범하게 나 죽었소, 하고 살라고? 그게 엄마라는 사람이 할 말인가. 나는 아빠에게 문자를 보냈다. 아빠, 언제 와? 왜? 빨리 와! 왜 그래? 엄마가 이상해. 왜? 몰라! 저 끔찍한 모습을 아빠도 봐야 했다. 나는 이를 악물고 아빠가 오기만을 기다렸다.

*

아빠가 왔다. 보자마자 고자질하듯 빨리 말하려고 했는데, 아빠가 잠깐만, 하고 뒤로 미뤘다. 그사이에 엄마가 식탁에 저녁을 차렸다. 아빠가 손을 씻고 나왔고, 나와서는 엄마를 살폈다. 아직은 이상한 점을 발견할 수 없었다. 일단 나도 밥을 먹으며 분위기를 살폈다.

"다 먹고 치워."

엄마가 드디어 방으로 들어갔다. 나는 작은 소리로 아빠에게 말했다.

"봤어? 엄마가 언제 다 먹으면 치우라고 한 적 있냐고."

"자주는 아니어도 가끔은 그랬지. 그게 이상하다는 거야?"

"아니. 나를 죽여도 되냐고 물었어."

"뭐라고?"

"엄마가 날 낳았으니까, 죽일 권리도 있다고."

"무슨 말 같지도 않은 소리야. 엄마가 그랬다고?"

아빠는 믿지 않았다. 당연하다. 저런 말을 의심하지 않을 아빠는 세상에 없다. 그런데 아빠, 나는 그 얘기를 면전에서

70

들었다고. 믿어져? 특별하다고 착각하지 말라고, 너는 매우 평범한 애라고. 엄마가 그런 말까지 했다고 하니 아빠가 대답 없이 한동안 밥만 먹었다.

"너 엄마한테 잘못한 거 있어?"

"없어. 나 지금 기분 진짜 엿 같아."

"아빠가 엄마하고 얘기해 볼게."

아빠가 밥을 다 먹고 그릇을 싱크대에 넣었다. 그리고 잠깐 동안 멈칫 서 있더니, 먹고 치워라,라고 엄마와 똑같은 말을 하고 안방으로 들어갔다. 씨발…… 열 받았는데 눈물이 나오고 말았다. 나 먼저 위로해 줘야지. 엄마가 딸에게 죽여도 되는지 물었다. 아빠라면 응당 숟가락을 던지고 엄마에게 달려가야 했다. 그런데 내 잘못을 먼저 물었다. 그러곤 밥상을 치우라고. 서운하고 억울한 마음이 가시지 않았다. 나는 닫힌 안방 문 앞에 섰다. 두 사람이 나에 대해 하는 말을 듣고 싶었다. 그리고 들으면 안 되는 말을 듣고 말았다.

당신은 쟤가 정말로 특별하다고 생각해? 쟤는 평범보다 한참 아래야. 평범하기에는 너무 게으르거든. 우리가 물려줄 재력도 없고, 그렇다고 특별한 재능이나 타고난 인물도 없어. 특별하지 않은 애를, 넌 특별하다 특별하다 하니까,

정말로 특별한 줄 알잖아. 자기 우물에서만 특별하지. 우물도 되게 좁고 얕으면서. 바로잡아야 해. 당신도 알잖아, 돈, 재능, 인물 셋 중 하나라도 가지고 태어나기가 얼마나 힘든지. 셋 중 하나가 있으면 나머지 둘을 얻을 확률도 높아. 우리 같은 사람은 그런 거 없어. 당신도 공범자야. 알잖아, 쟤 아무것도 아니라는 거. 없어. 특별한 곳에 쟤 자리 없어. 심지어 지가 무시하는 거리의 저 사람들, 그 속에조차 쟤 자리는 없어. 쟤는 알아야 해. 그 사람들이 평범하게 살기 위해 얼마나 열심인지. 그런데 그런 모습조차 무시해. 건방이 도를 넘었어. 내가 그렇게 키웠다고? 내가? 그러면 안 된다고, 말하고 말하고 또 말하면서 키웠어. 쟨 안 돼. 싫어. 건방 인형을 데리고 사는 것 같아. 그런데 사람들이 자꾸 나한테 손가락질해. 내가 그렇게 키웠대. 쟨 그렇게 태어났어. 환경에 따라 조금 양호해지거나 더 심각해질 뿐이야. 정신 나간 애가 좋은 부모 만난다고 성인군자 안 돼. 성인군자가 정신 나간 부모 만난다고 미친놈 안 되듯이. 쟤 그나마 내가 키우지 않았으면 벌써 미친년 소리 들었어. 당신 없었을 때, 쟤 없었을 때, 나는 누구에게도 손가락질당해 본 적 없어. 당신이 당신 부모한테 함부로 하는데, 왜 다들 나한테 손가락질하지? 당신은 나 만나기 전부터 부모를 무시했고, 결혼하고도 변하지 않았어. 그런데 왜 결혼한 뒤로는 다 나한테 책임지라고 하지? 살고 싶지 않아.

그대로 지갑만 들고 나왔다. 갈 곳이 없었다. 알잖아, 재 아무것도 아니라는 거. 혹시 모르잖아. 나도 모르는 재능이 어디에 숨어 있을지. 그걸 부모가 찾아 줘야 하는 거잖아. 다른 부모들 다 그렇게 하잖아. 여태 잘 그래 놓고 갑자기 왜 이러는 건데. 사실은 나도 내가 형편없는 애일까 봐 매일 매일 조마조마한데, 그래서 이것저것 자꾸 해 보는 건데 가망 없는 거였어? 내 부모가 나를 그렇게 진단하고 있었다니. 여기저기 헤매다가 친구 보라의 연습실로 왔다. 피아노로 예고 입시를 준비 중인 보라가 자기네 집은 방음이 안 된다며 한 달씩 요금을 내고 빌려 쓰는 연습실이었다. 초등학생 때부터 같이 피아노를 쳤는데, 나는 손이 작아 중도에 포기했다. 아니, 갈수록 재미도 없고 나보다 남들이 더 잘 치는 게, 맨날 혼나는 게 싫어서 그만두었다.

"연습실 얻어 줬어? 니네 엄마 끝내준다. 구경 가도 돼?"

"거기 방 되게 작아."

"잠깐 구경만 할게."

주제에 웬 연습실? 그래서 따라가 본 거였다. 노래방처럼 연습실 방이 쪼르륵 있었다. 어딘가에서 노래 부르는 소리가 들렸고, 기타 소리, 피아노 소리도 시끄럽지 않게 들렸다. 보라가 쓰는 방은 아주 작았다. 피아노와 벽에 걸린 에어컨이 전부였다. 제자리 운동도 하기 힘들 만큼 작은 방. 그런데 왜 그렇게 배가 아팠을까. 나도 계속 피아노 할걸. 아니면 바이올린이라도.

"너 뒷사람은 언제 와?"

"없어. 나만 써. 고시원 같은 거야. 어떨 땐 여기서 자고 바로 학교로 가."

우리 집보다 더 잘살지도 않았다. 단지 나보다 피아노를 조금 잘 칠 뿐이었다. 중간에 그만둬서 그렇지 나도 계속했으면 실력은 비슷했을 것이다. 나는 그만두었고 보라는 그만두지 않았을 뿐인데 차이가 그렇게 컸다.

"미진아, 나 연습해야 해."

가라는 말이었다. 더럽고 치사해서 간다. 그날 그렇게 엿같은 기분으로 돌아왔었다. 그런데 오늘, 나도 모르게 이 연습실로 오고 말았다. 다행히 입구에서 일일이 확인하지는 않았다. 그때 보라가 방문 비밀번호를 누르는 것도 봤었다. 보라가 있으면 그냥 놀러 왔다고 하고, 없으면 내가 누르고 들어갈 생각이었다. 똑똑. 노크해도 반응이 없었다. 비밀번호를 누르고 문을 열었다. 보라는 없었다. 의자에 보라의 악보만 놓여 있었다. 나는 그제야 다리에 힘이 빠져 털썩 주저앉았다. 다른 방에서 노래 연습하는 소리가 작게 들렸다. 비로소 울음이 터졌다. 태어난 게 너무 억울해서, 남들보다 잘난 게 없는 내가 불쌍해서, 능력도 없으면서 믿어 주지도 않는 내 부모가 너무 싫어서 울었다. 죽여도 되냐고? 그래 죽여! 다시는, 당신들 안 봐…….

*

내가 연습실에서 몰래 지내는 것을 들킨 것은 꼭 일주일 만이었다. 밤에 우유와 빵을 사 가, 보라가 있으면 주려고 왔다는 핑계를 대려고 했는데, 다행히 없어서 내가 먹고 잤다. 집에서 나올 때 지갑만 챙겨서 가방조차 없었다. 다이소에서 이천 원 주고 산 무릎 담요를 쇼핑백에 넣어 다녔고, 휴대전화도 없어 아무하고도 연락하지 않았다. 낮에는 지하철을 타고 나가 대학로 마로니에 공원이나 홍대 놀이터 근처를 돌아다녔다. 돈이 떨어져 알바를 하려고 해도 마땅한 곳이 없었다.

"몇 학년이에요?"

"고2요."

"진짜? 중학생 같아 보이는데. 근데, 오전부터 일할 수 있다고요?"

"네……."

"연락처 주고 가면 나중에 연락할게요."

"연락처 없는데, 제가 내일 다시 오면 안 될까요?"

"미안해요, 우리는 안 되겠어요."

돈이 거의 다 떨어져 컵라면도 사 먹을 수 없었다. 지갑에 몇천 원 있었지만, 앞으로 어떤 일이 생길지 몰라 쓰지 않았다. 오늘도 없겠지, 하고 빈손으로 연습실 문을 열었다. 특별한 일이 없으면 보라는 밤 10시까지만 연습하고 간다고 했었다. 그래서 나는 늘 11시에 연습실로 들어갔다. 그런데 그날은 보라가 피아노 의자에 앉아 있었다.

"어? 너 마침 있었네. 놀러 왔지."

"이 밤에? 나 10시에 간다고 했잖아."

"혹시 해서 왔지."

"나 다 알아."

"뭘?"

"니네 아빠한테 전화 오고, 니네 담임한테도 불려 갔었어."

보라도 이틀째는 눈치채지 못했다고 했다. 그러나 사흘째부터 음식 냄새를 맡기 시작했다. 저는 기껏해야 물이나 우유, 과자나 먹는데 컵라면 같은 냄새가 났다는 거다. 환기가 되지 않는 방이라 음식 냄새가 나면 머리가 아팠다. 그래서 나를 의심했다고 했다.

"미안하다."

"근데 미진아, 너 여기 계속 쓰면 안 돼. 방 비밀번호 바꾸려고 했는데, 말하고 바꾸는 게 나을 것 같아서 기다렸어. 너도 피아노 쳐 봐서 알잖아. 신경 쓰이면 연습 안 되는 거. 우리 엄마도 여기 되게 힘들게 얻어 준 거거든. 오늘만 자고 가. 내일 번호 바꾼다."

보라가 그렇게 말하고 나갔다. 친구라는 년이 어쩌면 저럴 수가. 왜 그래? 무슨 일 있어? 걱정부터 하는 게 정상이었다. 그러면 나도 내 부모가 어쩌고저쩌고 하면서 속풀이라도 했을 텐데. 내 연습 방해되니까 너 오지 마. 야, 너 무슨 친구가…… 하고 따질 수가 없었다. 사실은 진짜 친구가 아니니까. 어렸을 때 같은 피아노 학원에 다닌 사이. 그리고 중학교에서 다시 만난 사이. 나한테 보라는 별것도 아닌 게 콩쿠르에서 몇 번 입상한 뚱땡이일 뿐이다. 그런 애한테 저런 말을 듣다니. 더러워서 나간다! 해야 했는데, 더러워도

갈 곳이 없어, 아무 말도 못 한 나도 바보 같았다.

"어디 갔다 왔니?"
"내 물건만 가지고 다시 나갈 거야."
"아빠랑 얘기 좀 하자."
"할 얘기 없어."
"앉아."

아빠가 소파에 억지로 앉으라고 했다. 그리고 엄마는 지금 약 먹고 잠들었다고 했다. 엄마가 아프다고. 나도 아파. 그렇게 퍼붓고 나보다 더 아파? 따지고 싶었으나 말하지 않았다. 그저 아빠가 하는 말을 듣기만 했다. 엄마는 극도로 스트레스를 받은 상태였다. 긴 시간 꾹꾹 눌러 참은 것이 누적된 우울증. 현재 매우 심각하다고 했다.

"그렇게 말 잘하는 우울증도 있어? 신기하네."
"계속 참으면서 좋은 말만 해 주다가, 이제는 그동안 하지 못한 독한 말만 남은 거지. 그런데 성정이 독한 말을 잘 못 하는 사람이라서, 하고 난 뒤에는 또 그것 때문에 아프다. 엄마 아주 위험한 상태야."

시골에 사는 할아버지와 아빠의 불화도 늘 엄마가 중재했고, 내 진로 때문에 큰소리를 치는 아빠도 늘 엄마가 막

왔다. 그리고 나의 온갖 짜증 역시. 어쩌면 그래서 더 충격이었는지 모른다. 아빠가 그랬다면 일기장에다 욕하고 끝났을 일인데, 엄마가 그러니까 어이가 없었다. 만만하게 무시한 만큼 충격받은 것이다. 그리고 아빠는 의사 말에 충격받았다고 했다. 가족들이 어쩌면 이렇게 둔감할 수가 있죠? 그동안 음식을 거의 입에 대지 않은 것 같은데, 체중 변화도 못 느끼셨나요? 아빠는 내게도 같은 질문을 던졌다.

"언제는 살찐 적 있었어?"

"우리가 이랬구나. 이랬어."

"내 걱정은 안 해?"

"했다. 처음 며칠은 친구네 있겠지 했어. 그런 말 듣고 니 마음이 안 좋았을 테니까. 이제 실종 신고하려고 했다. 와서 다행이다. 잘 왔어. 전에 엄마가 죽여도 되냐고 했던 말, 꼭 너한테만 한 말이 아니었어."

"그럼?"

"우리 가족 모두일 수도 있었다."

아빠는 당장은 친구가 더 위로가 돼 줄 것이라 생각했다. 그래서 연락만 되면 억지로 들어오라고 할 생각은 없었다고 했다. 며칠 친구와 함께 지내다 오라고. 그러나 나는 친구와도 연락이 되지 않는 상태였다. 내 친구라고 나서는 아이가 없었다. 제 번호는 맞는데, 미진이하고 친하지가 않아서요. 학원 친구라고 들었는데 혹시……. 미진이랑 같은 학원 다니는 건 맞는데요, 저하고 친구는 아니에요. 혹시 미진이하고 친한 애 좀 알 수 있을까? 전 잘 모르겠는데요. 아빠는 사라진 딸과 아픈 아내 사이에서 자신이 얼마나 무기력한 사람인지 그제야 깨달았다고 했다. 어쩌면 우리 집에 매우 비극적인 일이 벌어질 수도 있겠구나. 아내는 집에서, 딸은 밖에서, 자살할 것만 같았다고. 어디서부터 잘못되었을까. 아빠는 차라리 아무것도 몰랐던 며칠 전으로 돌아가고 싶다고 했다. 평범한 가장으로 집에는 아내와 딸이 있던 그때로.

"나 밖에서 생각해 봤는데, 학교 그만두려고."

"진지하게 생각한 거야?"

"어. 후회되면 다시 복학할게. 믿어 줘."

"그러자 그럼. 그래도 집에서 며칠 더 생각해 봐."

뜨거운 물로 목욕을 하면서 엉엉 울었다. 막상 나가 보니 가출 청소년인 나 자신이 너무 초라해 보여서 몇 번이고 돌아오고 싶었다. 잘난 것도 없어 보이는 애들이 교복 입고 떼로 몰려다니며 웃어 젖히는 모습도 보기 싫었다. 나도 며칠 전까지는 그랬는데. 학원은 가기 싫고, 정희가 난 과외 해, 하는데 왜 그렇게 폼 나 보이던지, 나도 그러고 싶어서 엄마에게 통보했었다. 과외 할 거야. 학원비의 네 배 이상을 내야 하지만, 그건 내 알 바 아니었다. 바닥을 기는 내 성적이 과외 한다고 오를 일도 없었다. 어차피 재미로 받는 과외, 재미만 있으면 끝이었다. 나도 잘못하긴 했지. 그런 마음이 전혀 없었던 것은 아니다. 그런데 집에 오는 순간 반성은 싸악 사라지고, 너무나도 싫은 엄마 아빠만 있었다. 엄마가 마음의 병에 걸렸다고? 나도 마음이 아프다고 씨발! 실종 신고를 한 것도 아니고 하려고 했다니. 그래서 학교를 그만두겠다고 했다. 그리고 아주 간단한 대답을 들었다. 그러자 그럼. 어쩌면 그토록 간단하게 말할 수 있어, 아빠. 한 번쯤은 교과서적인 충고라도 해야지. 네 인생을 생각해 봐라. 그런 말이라도 해야지. 나 진짜 아무것도 아닌 애 맞구나? 온몸에 비누를 칠하고 바닥에 앉아 펑펑 울었다.

*

학교를 그만두고 한동안은 집에만 있었다. 앞으로 무엇을 할지 고민했고, 무엇도 할 것이 없어 괴로웠다. 학교 다닐 때는 영어 학원을 다니는 게 아무렇지도 않았는데, 학교를 다니지 않으면서 학원을 등록하려니 뒤가 뜨거웠다. 잘 모르겠는데요? 학교 다닐 때는 이 말을 아무렇지 않게 했다. 내가 모르겠다는데 뭐? 하고 건방을 떨었다. 그런데 학교를 다니지 않으니 잘 모르겠다는 말도 쉽게 나오지 않았다. 그래서 영어 학원을 그만두었다. 영어 학원은 아빠의 권유로 다녔던 거다. 학교는 다니지 않아도 외국어 하나쯤은 공부해 두는 게 좋다고 해서. 그래서 만만한 영어로 덜컥 등록했는데, 학교에서 배운 것조차 기억나지 않았다. 아니, 나는 학교에서 배운 것이 없었다. 배울 생각이 없었다. 영어 선생님이 꼴불견이었다. 선생님이 재수 없으니까 그 공부는 안 해도 되는 거였다. 다음에는 중국어 학원에 등록했다. 학교에서 배운 적이 없으니 모르는 것을 모른다고 할 수 있을 것 같았다. 그러나 알파벳보다 더 짜증 나는 한문이 있었다.

"아빠는 그래도 대학까지 간 머린데, 왜 안 물려줬어?"

"대학까지 갈 머리가 아니었는데 대학까지 가려고 죽도록 노력했지."

"나도 노력했어."

"노력은 니가 한 양만 따지는 게 아니라 남이 한 양과 비교해서 따지는 거야. 니 소주잔이 꽉 차면 뭐하냐? 남의 맥주 컵 반도 안 되는데."

아빠와는 위로나 응원 따윈 어떤 필터로 싸악 거른 듯한, 냉담하고 현실적인 대화만 오고 갔다. 짜증이나 투정은 작은 온기라도 있어야 가능한 거였다. 이토록 차가운 집에서는 내뱉은 투정마다 뾰족한 고드름이 되어 다시 내 입에 꽂혔다. 닥쳐. 눈감아 주고 물러나 주는 일은 더는 없었다. 아이고, 딸 딸 딸! 엄마 속 좀 그만 썩이지? 하고 엉덩이를 탕탕 내려치던 엄마는 이제 가만히 앉아만 있다. 짜증 나게 왜 이래? 결국 나한테 넘어올 엄마라는 것을 알아 늘 만만했었다. 이제 그런 엄마는 없다. 낳았으니 키우지만 사랑하지는 않는다. 엄마 아빠는 나를 싫어하고 있었다. 나의 거대한 착각이 무너진 것이다. 부모는 제 자식이 살인자라도 아끼고 사랑한다. 그런 말을 들었을 때는 그 부모를 욕했다. 자식이 남을 죽이든 말든 자기 눈에만 예쁘면 되냐고. 그래 놓고 내 경우에는 말이 달라졌다. 내가 어떤 행동을 해도 내 부모는 나를 미워할 수 없다. 부모니까. 그런데 아니었다. 부모도 자식을 싫어할 수 있었다. 못나서 부끄러운 자식이 아니었다. 싫은 자식이었다. 내가 뭘 어쨌는데. 왜 다 내 탓이야? 엄마는 이제 전처럼 딸이라고 부르지 않았다. 미진아,라고 또박또박 불렀다. 딸이 아니라 그저 같이 사는 미진이라는 아이를 부르는 것 같았다.

"미진아, 물 떨어졌다. 주문 좀 해."

엄마는 오로지 약을 먹고 잠들기 위해 물만 찾았다.

"엄마, 내가 학교 그만둔 건……."

"알아서 했겠지."

그러던 어느 날, 한 번도 가보지 않은 시골 할머니네서 연락이 왔다. 할아버지가 돌아가셨다. 자살이었다. 나와 엄마는 내려가지 않았다. 아빠만 혼자 갔다가 올라왔다. 시골에서 돼지를 키우는 할아버지와 할머니, 나는 그 정도밖에 모르는 사람들이었다. 그래서 별 느낌도 없었다. 그래도 아빠의 아버지가 죽었으니 집에 뭐가 다른 기운이 생길 줄 알았다. 그러나 어떤 변화도 없었다.

"넌 왜 남들처럼 학교도 못 다니니? 남하고 비교하는 거싫지? 그런데 니가 남하고 비교되게 살고 있다는 생각은 안해 봤니?"

엄마는 내가 학교를 그만두고 더 나빠지는 것 같았다. 이상한 말도 자주 읊조렸다. 부모는 자식을 사랑해야지. 무슨일이 있어도 자식을 사랑해야지. 남들은 다 욕해도 부모는 그러면 안 되지. 자식은 부모를 사랑해야지. 어떤 부모라도무조건 존경해야지. 남들이 다 욕해도 자식은 그러면 안 되지. 내가 엄마 옆에 있으면 더 심해질 것 같았다. 엄마는 내가 그렇게 싫어? 그렇게 절망스러울 만큼?

"아빠, 시골에서 사는 할머니, 이제 혼자 살아?"

"응."

"내가 할머니하고 같이 살게."

"거기 힘들다."

"나 거기서 복학해서 학교 다니려고."

"엄마 너 때문에 그렇게 된 거 아냐. 우리 모두 때문이지."

"알아."

*

할아버지가 돌아가시고 더는 돼지를 키우지 않는다고 했다. 할머니 혼자 키울 기운도 없었다. 마을 사람들이 축사를 소독하고 볏단을 덮어도 끔찍한 냄새가 가시지 않았다. 겨울에는 좀 나았지만 봄이 되면 냄새도 풀리는지 다시 스멀스멀 올라왔다. 이런저런 사정으로 바로 복학할 수 없었다. 그러다 보니 두 해나 뒤처졌다. 그러나 힘든 것은 학교도 돼지 냄새도 아니었다. 동네 사람들이었다. 내가 여기에 온 날부터 신기한 동물 구경하듯 나를 구경하러 왔다. 쟤가 동주

딸내미여? 먼젓번에는 왜 안 왔대? 하이고야, 저렇게 큰 딸이 있었네. 니 엄마는 얻다 버리고 혼자 왔냐? 집에 사람만 잘 들어왔어도 그런 사달 안 났지, 암. 아들이 지랄이면 며느리라도 찬찬한 게 왔어야지. 할아버지의 자살이 왜 엄마 탓이지? 찬찬한 여자가 미쳤다고 지랄맞은 남자와 결혼하나? 씨발…….

"시끄러워 진짜!"

나는 마루에서 밥을 먹다가 방으로 들어가 문을 쾅 닫았다. 야, 야, 저 가시나 승질 있다. 가시나가 동주 놈 승질까지 빼닮았네. 가자, 가. 돼지야, 우리 간다이. 그러고 갔다가 다음 날 다시 왔다. 너 밥은 먹었냐? 네. 뭐랑 먹었냐? 대충 먹었어요. 대충 뭐?

"대충이 대충이지 뭐가 어딨어요?"

"하이고 가시나, 떽! 그러면 못써! 어른이 묻는데."

꼬부랑 할머니가 날마다 꼬부랑길을 넘어와 트집을 잡았다. 산속에 할머니 혼자 산대서 조용히 간섭 안 받고 살 수 있겠거니 했다. 그런데 사람들이 빽빽하게 사는 우리 아파트보다 더 말이 많았다. 어떤 할머니는 이른 아침부터 버스 정류장 의자에 앉아 오고 가는 사람들에게 일일이 말을 걸었다. 어디 가? 어, 저기 장독 좀 알아보려고. 주둥이 나간 거? 잘 댕겨와. 너는 댓바람부터 어디 가냐? 조합에 일이 있어서요. 그려, 저 참외밭 아래 수로 좀 손보라고 해라. 예.

"어이? 이 가시나, 니 인제 핵교 댕기나?"

"네."

"할머니는 어짜고?"

"그럼 할머니를 학교에 데리고 가요?"

정말 대단한 마을이었다. 그런데도 여기가 집보다는 나았다. 왜 그런지는 나도 모른다. 마주 보고 짜증 내는 것보다 떨어져서 그리워하는 게 차라리 나은 것 같았다. 졸업하면 졸업장 들고 엄마한테 가야지. 나도 평범한 애들처럼 학교 잘 다녔다고 해야지. 나는 뭐 못해서 안 하는 줄 아나. 가끔 아빠에게 전화해서 엄마 안부를 묻기도 했다.

"아빠, 엄마는?"

"잘 있어. 너는 거기 어때?"

"괜찮아."

"다행이다. 그래도 힘들면 다시 와."

"응."

솔직히 이제는 엄마가 무섭다. 예쁘네, 잘했어, 했던 말들이 다 거짓말이었다는 것을 알았다. 나는 예쁘지 않았고, 잘하는 것도 없었다. 솔직히 나도 알고 있었다. 순진한 엄마

눈에 딸 콩깍지가 씐 덕에 무조건 좋게 보는 것이라 생각했다. 그리고 그것을 이용했다. 씨발, 소름 끼쳤다. 그동안 내가 연기한 것까지 다 알고 있었다는 것 아닌가. 아기처럼 굴면서 휴대전화를 바꿔 달라고 한 것, 울면서 피아노를 그만두겠다고 한 것, 초라한 표정으로 아이패드를 사달라고 한 것 등등. 뭔가를 잘하려면 병신처럼 그것만 파야 하는데, 그것이 얼마나 지루하고 힘든 일인지 잘 알아서 애초에 그럴 생각도 없었다. 적당한 쇼 몇 번이면 원하는 것을 얻을 수 있는데 왜 사서 고생하나. 처음부터 지적했으면 내가 그런 생쇼는 안 했을 것 아닌가. 쪽팔려서 엄마를 볼 수가 없다. 홧김에 가출했다가 자퇴까지 하고 말았다. 학교 애들은 내가 집에서 공주처럼 사랑받는 줄로 아는데, 그래서 제멋대로 싸가지 없이 군다고 뒤에서 욕하는 것도 아는데, 가출로 다 들켜 버렸다. 여기 와서 좋은 것은 더는 학교에서 공주 짓을 하지 않아도 되는 거였다. 공주가 불치병에 걸려 공기 좋은 곳으로 왔다고 뻥치기에는 내가 너무 건강했다. 게다가 어디 어디 폐축사라고만 해도 할머니네 집을 다 알았다. 할머니 연금과 아빠가 보내 주는 생활비까지 하면 둘이 사는 데 큰 불편은 없다. 그래도 곧 굶어 죽을 것처럼 아예 가난한 척했더니 마음은 더 편했다. 내 나이가 많아서 시비 거는 애도 별로 없었다. 나중에 내가 어떤 사람이 될지는 모르겠지만, 지금도 충분히 피곤해서 앞일까지 생각하고 싶지도 않다. 지금은 저 돼지 똥 냄새와 싸워야 하고, 밤에 불을 켜는 것 때문에 할머니와 싸워야 하고, 녹슨 대문에 파란색 페인트를 칠하는 것이 더 급하다. 내일은 옆 동네에 장이 선다. 창고를 살펴봐야겠다. 이번에는 뭘 내다 팔까. 페인트를 좀 넉넉하게 사서 이왕이면 벽도 칠하면 좋은데. 팔리지도 않는 나물은 왜 그렇게 가져다주는 걸까. 잡곡이 무거워도 국내산이라 값은 더 좋은데. 가끔 찾아오는 관광객들도 잡곡은 한 되 두 되 잘 사 간다. 보니까 회관 뒤 들깨밭은 벌써 깨 털기가 끝났던데, 누구네 밭이었더라. 먹어 보라고 가지고 올 때가 됐는데. 내일은 약콩이나 가지고 가야겠다. 가방에 책 대신 콩 자루를 넣어 가면 된다. 할머니 약값 때문에 오후에 장에 나가야 한다고 하면 담임도 별말 없이 조퇴를 시켜 준다. 아주 거짓말은 아니다. 장에 갔다가 올 때는 박카스라도 꼭 사 오니까. 내 미래는 나도 모른다. 그러나 지금 꾸는 꿈은 있다. 낡아 빠진 이 집을 구석구석 칠하고 예쁘게 만드는 것이다. 자야겠다. 아까부터 할머니가 불 끄라고 소리소리 지르고 있다. 끈다고 했잖아요!

아는 사람

무슨 이유가 있겠지. 나도 모르는 나의 어떤 점이 좋았겠지. 그러나 오늘 고백을 위해 네가 얼마나 고민했든, 이 자리를 마련하려고 얼마나 고생했든, 나는 너한테 관심이 없다. 내 스타일 아니라고. 그 말이 그토록 무례했니? 한순간의 망설임도 없이 그렇게 말한 것은 네가 나한테 그런 존재니까 그래. 이런 사람한테 무작정 꽃을 내민 네 태도는 무례가 아니면 뭘까. 꽃이라면 아무에게 받아도 기쁜 줄 아니? 무엇을 상상하며 꽃을 준비하고 무엇을 기대하며 이런 자리를 만든 거니? 홍조 띤 설렘과 수줍은 동의로 네 고백을 응당 반길 줄 알았니? 이렇게 된 마당에 솔직하게 말해 볼까. 집안 사정상 일대일 과외가 어려워 그룹 과외를 선택한 거야. 나는 우리 그룹에서 네가 빠지길 바랐어. 그런데 다른 애들이 하나둘 빠지더니 결국 너와 나만 남았지. 그렇다고 과외비가 더 오르진 않았으니 내가 이유 없이 나갈 필요가 없었다. 다만 빠져나간 셋 중 하나는 차라리 너였으면 했다. 그것을 두고, 너도 알다시피 우리 둘만 과외를 받아도 나쁘지 않았잖아,라고 하면 어쩌자는 거니? 나는 이 과외가 필요했을 뿐이야. 내가 이 과외를 계속 받는 이유 가운데 너는 없어. 혹시 내가 너와 함께 있고 싶어서 계속 이 과외를 받았다고 생각하는 거니?

과외 선생님이 휴가 가기 전에 번개 특강을 해 주기로 했다는 연락을 받았다. 휴가를 다녀오면 우리 둘마저 떨어져 나갈까 봐 미리 약을 치는 것 같다고 저 자식이, 지금 선생님의 맥주를 처마시며 정신을 못 차리고 있는 저 미친 새끼가, 내게 그렇게 말했다. 살짝 귀찮기도 했지만 한 회분 공짜다 생각에, 그런 깜짝 서비스를 준비한 선생님의 성의를 무시하기 어려워, 저 자식이 알려 준 특강 시간에 오피스텔에 도착했다. 그러나 선생님은 예정대로 휴가를 떠난 상태였다. 책상으로 사용하는 사무용 원형 탁자에 딸기 시폰케이크와 붉은빛 샴페인이 담긴 잔이 놓여 있었다. 저 자식이 선생님한테 어떤 말을 하고 오늘 이 오피스텔을 빌렸는지는 모른다. 오늘을 위해 자기들끼리 응원하고 격려하며 하이파이브했을지, 선생님 몰래 저 자식 혼자 일을 꾸몄는지 역시 모른다. 오늘 이 오피스텔이 빈다는 사실과 현관문 자물쇠 비밀번호는 저놈도 나도 알고 있으니까. 가끔 외출한 선생님보다 우리가 먼저 도착하는 경우가 있었다. 그러면 문을 열고 들어와 자습하며 기다렸던 것이다. 직관이라고 해야 하나. 왠지 불편한 일이 벌어질 것만 같았다. 케이크와 샴페인을 보고 욕지기가 올라오기도 처음이었다. 씨발, 오늘 특강 없구나. 선생님이 준비한 깜짝 파티가 아님도 알았다. 내가 들어섰을 때 저 자식의 표정이 모든 것을 말해 주고 있었다. 부끄러움 2에 당당함 8. 그 정도의 비율로 어서 와, 한 것이다. 뭐야? 내가 물었고, 할 말이 있어,라고 저 자식이 말했다. 뭐라고 하고 다시 나갈까. 나는 문 앞에서 잠시 미적거렸다.

"사람 성의가 있는데 좀 앉아라. 사실 나한테 오늘 중요한 날이야."

케이크를 보고 저놈의 생일을 떠올릴 수도 있었지만, 나는 케이크보다 옆에 놓인 꽃다발에 더 눈길이 갔다. 제 생일을 위해 손수 마련한 꽃다발은 아닐 터였다. 설마 내게 주려는 건 아니겠지. 아직 이성 교제 경험이 없고, 어떤 가벼운 고백조차 들어 본 적이 없다. 그런 쪽에 관심 없는 것이 아니다. 단지 내가 좋아했던 애들이 내게 관심을 보이지 않은 탓이다. 나는 서로 관심 있는 상대를 만날 때를 기다리고 있었다. 나 혼자 좋다고 불쑥불쑥 고백했다면 분명 오늘 같은 일이 벌어졌을 것이다. 내가 좋다고? 글쎄, 난 너한테 관심 없는데. 고백하지 않길 잘했다. 관심 없는 애한테 받는 고백이 이렇게 불편할 줄이야. 그러나 과외할 때 계속 봐야 하기에 가볍게 넘겨야 했다. 생일이냐? 물었지만 호들갑은 떨지 않았다. 그 대신 수업 때와 같은 태도로 의자에 앉았다. 초가 셋. 생일 초는 아니다. 녀석이 잔을 들어 내 쪽으로 내밀었다. 건배하고 싶지 않아 나는 말을 돌렸다.

"왜 초가 셋이야? 무슨 기념이냐?"

"케이크 살 때 몇 개 필요하냐고 묻기에 그냥 세 개만 달라고 했어. 야, 너는 건배도 없이 혼자 마시냐?"

말하는 중에 건배를 잊은 사람처럼 얼른 마신 것이 걸리고 말았다. 반쯤 마신 나는 대충 잔을 부딪치고 나머지를 다 마셔 버렸다. 제과점용 무알코올 샴페인이라 안 그래도 밍밍한데, 저놈이 잔에 미리 따라 놓은 바람에 김도 다 빠진 상태였다. 다 마셨으니 빨리 이 자리에서 벗어나고 싶었다. 그러나 저 자식은 샴페인을 마시지 않고 잔만 빙글빙글 돌렸다. 무슨 말을 하려는 듯싶은데, 그 말을 꺼내기 전에 일어나야 했다. 불편했다. 그러나 저 자식이 말해 버렸다. 좋아한다고. 너 내 스타일 아냐. 뒤에 미안하다는 말을 붙일 뻔했다. 저 자식이 내 스타일이 아닌 것에 미안해할 필요는 없지 않나. 생각도 못 한 일로 거절하게 만들고 거절한 것에 사과해야 한다면 그건 어느 세상 논리냐? 갈게, 하고 일어나려는데 몸이 무겁게 느껴졌다. 의심할 여지가 없었다. 약 탔구나. 수면제를 먹은 몇 분 뒤 느껴지는 무기력감이었다. 정신을 집중해 문을 향해 달려갔고, 질질 끌려와 손과 발이 묶일 때도 탁자를 걷어차며 악을 썼다. 살려 주세요. 그러나 아무도 문을 두드리지 않았다.

내가 궁금한 건 그거였다. 그래, 내가 저 자식의 고백을 행복하게 받아들였다 치자. 당연히 그런 마음으로 이 자리를 꾸몄겠지. 아니, 아니, 아니, 혹시 내 거절도 예상했던 것일까. 수면 유도제와 박스 테이프와 콘돔은 어떤 때를 예상해서 준비한 걸까. 내가 고백을 받아들였다면 사용하지 않았을 물건들이었을까. 받으면 억지 사랑의 표시로, 거절하면 괘씸죄로 사용했겠지. 어떤 경우든 저것들을 사용하기 위한 핑계가 될 뿐이다. 별것도 아닌 게,라고 했다. 별것도 아닌 나 때문에 오늘 이후의 네 삶이 어떻게 변할지 기대해라. 너는 오늘을 평생 후회하게 될 테니까. 네 가방에서 나온 저따위 물건들로 인해 나를 진정 좋아한 게 아닌 것도 들통났지. 수면 유도제로 내가 잠들 줄 알았니? 나는 지독한 불면증 때문에 저런 약 한 주먹을 털어 먹어도 눈을 감고 양을 세. 몸이 나른해지고 몸에 어떤 전류가 흐르는 것처럼 응응거려도 이른 아침 창가에서 우는 새소리에 귀를 틀어막아. 나를 재우려면 병원에서 처방해 주는 독한 수면제가 필요해. 그러니까 지금 내가 저항 못 할 만큼 멍하고 무기력한 상황이지만 이 순간을 기억하지 못할 거라고 착각하지 말란 말이야. 나는 네가 내 몸으로 어떻게 들어왔는지, 얼마나 병신같이 서툰지, 얼마나 추잡한 혀와 눈동자를 가졌는지 다 보고 있으니까. 이제 어떡할래. 죽일래?

처음에는 모두 다섯 명이 과외를 받았다. 여자 넷, 남자 하나. 잠이 안 와 컴퓨터 앞에 멍하니 앉아 이것저것 검색해 보다가 연결연결해서 들어간 곳이 과외 게시판이었다. 봄 신상 스니커즈를 보고 있었는데 어쩌다가 그 게시판까지 들어가게 됐는지 모를 일이다. 봄. 봄 때문 같다. 새 학기였다. 내신 성적 비율이 높은 2학년이기에 수학에 좀 더 힘을 쏟고 싶었다. 당연히 학원비보다 비쌌지만 보통의 과외비보다는 저렴한 편이었다. 학생까지 오면 넷, 다섯 명 되면 마감입니다. 일대일 과외는 아니지만, 수십 명씩 한 반이 되어 혹시 추가 질문이 있으면 수업 끝날 때까지 기다렸다가, 역시 나 같은 아이가 몇 더 기다린다는 것을 알고 결국 질문을 접어야 하는 학원보다 나았다. 저 자식은 먼저 신청한 우리 넷보다 며칠 늦게 합류했다. 저 자식을 마지막으로 마감된 것이다. 늦은 밤 과외가 끝나면 누구는 엄마가 기다리고 있다가 데려갔고, 누구는 지하철 막차 시간에 맞춰 달려갔다. 가끔은 오피스텔 앞 24시 맥도날드에서 햄버거를 먹으며 잡담을 나누다가, 각자의 집에서 온 닦달 메시지에 짜증을 내며 일어나기도 했다. 그렇게 지내다가 하나는 과외를 접고 학원으로 되돌아갔고, 하나는 다른 선생의 과외 교실로 떠났고, 하나는 어느 날 단톡방에서 사라지더니 다시는 나타나지 않았다. 함께할 때는 오랜 친구들처럼 수다를 떨었다. 그러나 떠난 뒤에는 휴대전화에 번호만 저장된 무심한 사이가 되었다. 저 자식과 나는 늦게까지 버스가 다니는 지역에 살았으므로 부모님이 와서 데려가는 일은 거의 없었다. 나도 처음에는 엄마가 몇 번 데리러 왔으나 두어 달 지나니 알아서 잘 오는구나 싶은지 더는 오지 않았다. 과외를 마치면 배가 고프다. 맥도날드는 늘 환하고 그 앞에 서서 버스를 기다리는 것도 고역이었다. 저 자식과 단둘이 맥도날드에 가기 싫어 보통은 꾹 참고 버스를 탔다. 그러나 너무 허기진 날에는 도리가 없었다. 저 자식에 관해선 딱히 싫을 것도 좋을 것도 없지만 단둘이 있는 것은 싫었다. 햄버거를 먹으며 새우에 관한, 닭가슴살에 관한 사소한 얘기를 나누고 싶은 상대가 아니었다. 나는 아직도 내가 어떤 스타일의 남자를 좋아하는지 잘 모른다. 내가 좋아하는 사람들을 죽 나열해 봐도 공통점을 찾을 수 없다. 이 사람은 이래서, 저 사람은 저래서 좋다. 이 자식에게 이토록 얻어맞으면서도 내가 왜 싫은데?라는 질문에 나는 대답을 못 했다. 싫은 것은 오늘 이 폭력으로 명확해진 것일 뿐, 전까지는 그냥 관심이 없었다. 쟤가 뭘 먹든 뭘 입든, 안경을 썼든 렌즈를 꼈든. 그동안 무슨 얘기를 나눈 것은 분명한데 딱히 기억나는 것이 없다. 관심이 없으니 형식적으로 그 상황에 맞춘 그저 그런 대화였을 것이다. 그러니까 관심이 없었다고.

얼마나 맞으면 아픈 감각이 사라질까. 아픈 줄도 모르고 맞았다는 말을 들은 적 있다. 도대체 어떤 경우일까. 녀석이 맥주에 수면 유도제를 녹여 사약처럼 내 입에 억지로 부었는데도, 나는 잠들지도 않고 취하지도 않았다. 아프고 아프고, 앞으로도 계속 아플 것이다. 어떤 말을 원하는데? 좋아해. 사랑해. 원하는 말을 들려줄게. 그런데 너도 내가 왜 좋은지 말하지 않았잖아, 개자식아. 나는 생각보다 객관적인 애라서 내가 매력 없다는 걸 알지. 그래서 좋아하는 사람이 있어도 섣불리 그 마음을 보이지 않아. 그 애는 나를 어떻게 생각할지 모르니까. 뭐 하나 빼어난 게 없으니 나의 뭔가를 자랑하러 나설 자리도 없을 만큼 나는 그저 그래. 그렇다고 내게 고백해 온 남자면 무조건 예스, 해야 하는 건 아니잖아. 내가 별것 아니라고 해서 꼭 별것 아닌 애를 만나야 하는 건 아니잖아. 아니, 그래 아니, 넌 내가 모르는 특별한 애일지도 모르지. 그럼 특별한 애의 고백은 무조건 성은처럼 받아들여야 하니? 네가 얼마나 특별한 사람인 줄은 모르겠지만 나한테는 그저 아는 사람일 뿐이야. 누가 내게 너의 존재를 물어본다면 그렇게밖에 할 말이 없어. 그냥 아는 사람. 내가 너에 대해 뭘 안다고 자꾸 너도 알다시피,라고 하지? 아는 사람이 이토록 무서울 줄 몰랐다. 그래, 아는 사람. 네가 과외로 아는 사람이 아니었다면, 너 혼자 있던 이 오피스텔에 발을 들여놓지 않았을 테지. 아는 사람이기에 형식적인 인사라도 해야 했기에 들어왔다가 사달이 났다. 나도 너에게 아는 사람이었을 테지. 아는 사람이기에 연락했고 아는 사람이기에 이런 일도 꾸몄겠지. 너를 알게 한 아주 사소한 것까지 증오한다. 정신없이 마우스를 클릭해 과외 게시판까지 들어가게 한 내 손을 저주한다. 아무렇지 않게 이 방을 걸어 다닌 무심한 내 발을 혐오한다. 다시 학원으로 돌아간 그 애, 처음에 학원에서 너를 데리고 와 이 과외를 받게 한 그 애, 내가 오늘 살아서 이곳을 나간다면 제일 먼저그 애를 죽일 것이다. 내 동의 없이 너와 나를 서로 아는 사람으로 만든 죄. 그것만으로 그 애는 죽을죄를 지었다. 나는지금 생리혈이 아닌 피를 흘리고 있다. 아는 사람에 의해서.내가 단둘이 있기 싫어하는 아는 사람에 의해서.

저 자식의 합류로 꼭 다섯이 채워진 날, 선생님이 맥도날드에서 햄버거를 샀다. 적당한 시간이 흐르고 선생님은 눈치껏 먼저 일어났다. 녀석이 마지막으로 합류했다 하더라도 고만고만한 시기에 모인 애들이라 서로 어색했다. 다녔던 학원에서 이 자식을 빼 온, 그래 놓고 제일 먼저 다시 학원으로 돌아간 그 애와 이 자식만 눈에 띄게 친해 보였다.

우리는 그 애의 주도로 서로 연락처를 주고받고 단톡방을 만들었다.

"난 왜 주현이가 아니라 다른 사람이 카톡에 뜨지?" 하고 이 자식이 그 애에게 제 휴대전화를 내밀었고, 잘못 저장된 내 전화번호 끝자리를 그 애가 수정해 주었다. 내가 함께 있는데 왜 내 번호를 쟤한테 묻지? 잠깐 그런 생각을 했었다. 그게 전부였다. 관심이 없었기에 저 자식이 뭘 해도 그런가 보다 했던 것 같다. 우리 다섯 중 가장 똑똑했고 역시 성적도 가장 좋았다. 이해력이 좋았고 이해한 것을 다시 풀어내는 실력도 좋았다. 그렇다고 이 자식을 어느 대학의 잠재적 경쟁자로 질투한 것은 아니었다. 질투도 내가 따라잡을 범위에 있을 때 가능한 거다. 그 범위를 벗어나면 입 딱 벌리고 인정해 버리는 것이다. 쟤는 SKY 노리겠다. 그러나 인정이 호감과 직결되지는 않았다. 너 똑똑한 거 인정한다고. 너 잘난 거 인정한다고. 인정하니까 사랑까지 하라고? 좆 까라, 씨발놈아.

내 전화기를 저 자식이 가지고 있다. 수시로 카톡 알림 소리가 들렸다. 누굴까. 엄마는 아니겠지. 엄마는 급한 일 아니면 수업 중에는 메시지를 보내지 않는다. 끝나고 버스에 앉을 때쯤에야, 오고 있니? 하는 메시지를 보낸다. 오늘 특강이 있다고 했다. 몇 시에 끝날 것 같니? 그건 잘 모르겠어. 벽시계가 등 뒤 화장실 쪽에 있어 보이지 않는다. 6시에 이 방으로 들어왔다. 블라인드가 쳐진 창으로는 밖의 상황도 알 수 없었다. 몇 시나 됐을까. 이렇게 묶인 상태로는 저 자식이 잠들어도 탈출할 방도가 없다. 의자에 앉은 채 묶여 질문인지 대답인지 모를 말을 들으며 당구 큐로 맞았다. 저 큐는 반들반들 윤기 나게 닦여 침대를 가린 우드 파티션 한쪽에 다른 큐들과 함께 세워져 있었다. 제법 어울리는 실내 소품이라고 생각했었다. 저것이 내 허벅지를 터지게 할 줄은 꿈에도 몰랐다. 이유 있는 폭력이 아니었다. 이유를 만들어 낸 폭력이었다. 엄지가 꺾이면서 견디기 힘든 고통이 척추를 타고 머리까지 뻗쳤다. 개자식이 잠긴 내 아이폰을 열기 위해 엄지를 강제로 비틀었다. 그러고는 내 지문으로 화면이 열리자 누군가에게 메시지를 전송하기 시작했다. 받는 사람이 누군지 모르겠으나 제발 내가 아님을 알아채기를. 혹시 내가 메시지를 보낼 때 누구와 구별되는 행동을 했었나. 나를 식별할 특정 기호가 있었나. 없다. 교실에서 특별한 호칭 없이 그냥 학생이듯, 메시지 또한 너도나도 똑같은 문체를 쓴다. 그러니까 저 자식이 쓰든 내가 쓰든 상관없는 거였다. 그렇게 몇 번 메시지를 주고받더니 결국 전원을 꺼 버렸다. 다행이다. 엄마는 내가 답장을 보내지 않는 것보다 전원을 끄는 데 더 예민하다. 전원이 꺼지면 무슨 일이 생겨도 추적할 수 없다는 게 이유였다. 오빠한테, 아빠한테, 아니면 엄마 전화기에 저장된 나와 관련된 누구한테라도 메시지를 보낸다. 혹시 주현이하고 연락돼? 그 때문에 나는 늘 충전용 보조 배터리를 가지고 다닌다. 전화기 배터리가 다 됐어,라는 말이 엄마한테는 통하지 않는다. 11시가 넘으면 엄마가 메시지를 보낼 테고, 내가 답을 하지 않으면 직접 전화를 걸 것이다. 그리고 전원이 꺼진 것에 불안해할 것이다. 선생님에게 제일 먼저 메시지를 보내겠지. 내가 연락이 안 된다고. 그러면 선생님은 오늘 특강이 없다고 말해 줄 것이다. 그때까지만 버티면 된다. 엄마가 움직일 것이다. 도대체 지금 몇 시일까. 속옷만 입고 설치는 저 자식을 언제까지 봐야 하나. 차라리 잠들어 버리고 싶다.

천장에 달린 에어컨 바람이 맨살에 그대로 쏟아져 몸이 덜덜 떨렸다. 술에 취해 콘돔도 제대로 못 끼우는 새끼가 무식하게 덤벼드는 바람에 의자에 묶인 채 뒤로 넘어지며 머리를 바닥에 박았다. 입이 테이프로 막혀 침과 가래와 울음이 코로 쏟아졌다. 엄마……. 저주한 모든 것에 구원을 요청했다. 손이 저절로 움직여 이 자식의 목을 조르게 해 주소서. 발이 스스로 움직여 이 방을 나가게 해 주소서. 좋은 마음으로 이 자식을 데려왔을 그 애, 그 마음으로 다시 이 방에 나타나게 해 주소서. 내가 다 잘못했습니다. 살려 주세요. 그때 문에서 잠금장치 돌아가는 소리가 들렸다. 쉬이익. 왔다. 누군가 방으로 들어왔다. 개새끼야, 넌 이제 죽었어.

"뭐야?"

선생님이었다.

"새끼가 아직도 이러고 있네."

신이 휴가 떠난 선생님을 내게로 보낸 것이 아니었다.

악마가 또 하나의 악마를 보낸 거였다.

의자에 묶인 발이 풀리면 걸어서 나갈 수 있을 것 같았다. 그러나 똑바로 설 수조차 없었다. 여전히 손이 묶이고 입이 테이프로 막힌 채 질질 끌려 침대로 옮겨졌을 뿐이다. 이 악마들은 한 팀이었다. 어른 악마는 엄마가 걱정 메시지를 보내도 태연하게 수업 중이라는 말로 답할 것이었다. 공포와 고통과 절망의 눈물이 흘렀다. 어른 악마가 벌거벗은 채 테이블에 앉아 내 또래 악마의 휴대전화를 살폈다. 잘 찍었네,

라고 했다. 화장실 쪽에 걸린 벽시계가 드디어 보였다. 9시 15분. 겨우 9시 15분. 내가 희망한 시각이, 내가 버텨야 할 시간이 너무 많이 남았다.

"풀어 줘라."

선생의 지시에 녀석이 내 팔을 묶은 넥타이를 풀었고, 입에 붙인 테이프도 떼어 냈다. 그리고 선생이 마치 수업하듯 휴대전화에 찍힌 동영상과 사진을 보여 주며 설명했다. 같이 과외를 받다가 떠난 셋 중 둘의 모습이었다. 모두 옷을 벗은 모습으로 잠들어 있었다. 단톡방에서 나간 뒤 모습을 감춘 세 번째 아이는 없었다. 너는 저 둘에게 무슨 말을 들은 거니? 아니면 스스로 어떤 낌새라도 느꼈어? 나는 아무 말도 듣지 못했고, 어떤 낌새도 느끼지 못했다. 내가 저 애들에게 무심했던 것처럼 저 애들도 내게 무심했을 수도 있고, 내가 영민하지 못한 탓도 있을 것이다. 영문은 모르겠으나 말없이 떠난 아이의 동영상과 사진은 없었다. 그렇게 떠난 것에 온갖 추측을 해 볼 수도 있겠지만 지금은 그럴 기력이 없었다. 너라도 도망쳤으면 다행이다. 그리고 내 모습. 내가 언제 잠들었을까. 나는 한시도 정신을 놓은 적이 없었는데, 동영상 속의 나는 매우 역겨운 자세로 누워 잠들어 있었다. 너들 이렇게 나갔구나. 결국 나도 이렇게 나갈 테고.

케이크에 초가 왜 세 개였는지 이제 알 것 같았다. 설명을
마친 선생이 놈의 휴대전화를 탁자에 내려놓고 말했다.

"씻고 나와라."

내게 한 말이었다. 걸을 수 없어 기어서 화장실로 갔다.
겨우 샤워기를 틀고 물을 뒤집어썼다. 셋 중 누구도 내게 위
험을 경고하지 않고 떠났다. 원망하지 않는다. 나는 지금 나
를 원망하고 있다. 케이크에 내 초가 꽂히기 전에 도망쳐야
했다. 한 시즌을 끝으로 과외를 끝낼 수도 있었다. 여자애들
셋이 떠나 버려 두 남자 사이에 혼자 있는 것이 불편하기도
했다. 그러나 선생은 변함없이 수업에만 열중했고, 때로는
너무 사무적이어서 학원 선생님보다 더 거리감이 느껴질
때도 있었다. 과외비는 오르지 않았고, 둘이다 보니 더 자세
하게 봐 줘서 선뜻 나가기가 애매했다. 딱히 나갈 이유가 없
었던 것이다. 저 두 악마도 내가 나갈 이유를 만들지 않았
다. 도대체 왜 이런 일이 나에게 벌어졌을까. 무엇을 어떻게
조심해야 이런 일을 당하지 않는 걸까. 평범한 일상이었다.
학교, 과외, 집. 이 구간 어디에서 이런 일을 예측할 수 있었
겠나. 끔찍한 폭력과 협박이 내 삶의 반경 안에 있었음을 감
지하지 못했다. 나는 왜 이렇게 병신 같은 것일까. 샤워기를
끄고 밖으로 나왔다. 그리고 옷을 입었다. 가방을 메고 신발

을 신었다.

"이거 풀기 전에 똑바로 행동해라."

어른 악마는 그런 말로 나를 배웅했다.

얼굴은 건드리지 않아 몸에 난 상처는 옷에 가려졌다. 걷기가 힘들었다. 누구 아는 사람이라도 만나면 그대로 주저앉아 버릴 것만 같았다. 맥도날드는 여전히 환하고 뒤로 이어진 유흥가 골목은 사람들로 북적인다. 내가 힘없이 허청허청 걸어도 누구 하나 부축해 줄 사람이 없다. 아니다. 나는 애써 힘을 내서 걸었다. 또다시 아는 사람이 생길까 두렵다. 나는 저들을 모르고 싶다. 스치는 인연으로라도 아는 사람이 되기 싫다. 집에 가고 싶을 뿐이다. 나는 늘어선 택시 중 아무거에나 올라탔다.

"학생, 맨 앞에 있는 차 먼저 타야 돼."

"집에 가 주세요."

"그러니까 내려서 저 앞에 있는 거 타고 가라고. 내가 욕 먹어."

작은 손잡이를 당겨 택시 문을 열었다.

"얼마나 마셨기에 그렇게 정신을 못 차려? 맨 앞 차 타고 얼른 집에 가."

맨 앞 택시까지 걸어갈 수가 없었다. 나는 환한 맥도날드 옆 어두운 골목으로 들어가 주저앉았다. 휴대전화 전원을 켜고 엄마에게 전화했다.

"엄마……."

"어디야?"

"맥도날드 옆…… 내가 혼자 갈 수가 없어. 힘이 없어."

"맥도날드로 들어가. 엄마 지금 간다."

나는 그렇게밖에 말하지 않았는데, 왜 엄마 목소리가 목이 멘 것처럼 들릴까. 저 짧은 대화에서 엄마는 뭘 알아냈을까. 엄마가 오고 있다. 엄마가 오면 나는, 엄마는, 우리는 어떻게 해야 할까. 전화기를 한동안 바라보았다. 어떡할까. 엄마가 오면 엄마 손잡고 도망칠까. 그래도 살아 나왔으니 다행이라 여기며, 오늘이 망각될 날을 기다리며 그렇게 살아야 할까. 나만 당한 것이 아니라는 억지 위로를 품고 모르는 척 숨죽여 살아야 할까. 엄마는, 아빠는, 오빠는 내게 어떤 조언을 해 줄까. 가만히 있으라고 할까. 그러기에는 내가 너무 아프다. 전화기의 잠긴 화면을 풀고 천천히 다이얼을 눌렀다. 112. 나도 내가 별것 아닌 것 안다. 그러나 내 몸을 보호받을 권리가 있다는 것도 안다. 별것인 극소수의 매우 특별한 사람들만 가진 권리가 아니다. 눈에 띄지 않아도 생생하게 살아가는 우리 모두의 권리다. 인간을 함부로 짓밟은 저 악마들을 봉인해야 한다. 특별히 잘하는 것은 없어도 어떤 일에서 먼저 나가떨어지는 일은 없었다. 다행히 경찰도 내 신고를 신속하게 접수했다. 그리고 놈들이 있는 곳을 물었다.

"○○○오피스텔 ○○○○호, 고등학생 남자 하나, 서른 초반 남자 하나 있습니다. 휴대전화부터 압수해 주세요. 네, 지금 가야 합니다. 빨리⋯⋯."

너는 끝났지? 나는 시작이다.

만두

"이년, 오늘 아주 주리를 틀어 버릴라니!"

엄마한테 우악스럽게 잡혀 천막 밖으로 끌려 나왔다. 그 바람에 천막을 지지하는 벽돌에 발이 걸려 휘청했다. 얼결에 손을 뻗어 닥치는 대로 잡았는데 그게 엄마 앞섶이었다. 내가 엄마야! 하는 순간, 엄마가 나를 더 세게 움켜쥐었다. 내가 넘어지려는 것을 순간적으로 안 것 같았다. 그런데 옷과 머리카락이 같이 잡혀 귀밑머리가 엄청나게 아팠다. 아아아……. 그나저나 이 모습만 보면 딱 엄마와 멱살잡이하는 딸인데, 누가 동영상 촬영이라도 하면 큰일이었다. 이 모습이 유튜브에 오르면 내 신상은 순식간에 털릴 테고, 당당하게 '먹살녀'로 등극할 거였다. 슬쩍 보니 다행히 촬영하는 사람은 없는 것 같았다.

"어디서 물건을 던져, 던지기를!"

열 받아 던진 대접 하나가 이렇게 큰 소란으로 번질 줄이야. 그때, 사람들 사이로 소희와 선희가 껄렁껄렁 두리번거리는 게 보였다. 쟤들이 여길 왜…… 둘은 이름이 비슷하다는 이유로 딱 붙어 다니는데, 나하고는 중학교에 와서 친해졌다. 하지만 우리 점포를 가르쳐 준 적은 없었다. 나는 슬며시 엄마 옷을 놓았다. 엄마도 이제 손에서 힘을 빼는 듯했다.

"어, 만두다! 저 아줌마 뭐야!"

소희가 큰 소리로 외쳤다. 시장 사람들은 엄마를 만두라 부르고, 학교 애들은 나를 만두라 부른다. 소희가 엄마 허리를 잡고 늘어졌고, 선희가 엄마 손목을 낚아챘다. 기가 막힌 팀플레이였다.

"아줌마, 왜 이래요? 손 놔요!"

엄마는 벌써 놓으려고 했어. 지금은 니들 때문에 놀라서 잡고 있는 거야. 끔찍하게 의리 있는 것들아! 엄마가 나를 놓쳤다. 그러면서 몸이 앞으로 쏠렸다. 나는 엄마가 넘어지지 않도록 꽉 붙들었다. 그사이 박 씨가 휠체어를 타고 돌진

했고, 기름집 아저씨도 급하게 달려왔다. 박 씨는 소희 옷자락을, 기름 아저씨는 선희의 팔목을 잡았다.

"이것들이 어디서 까불어! 만두 아줌마, 얘들 다 뭐야?"

기름 아저씨가 물었다. 소희와 선희 표정이 딱 굳어 버렸다.

학교에서 내 별명이 만두니, 만두 아줌마라는 말이 귀에 설지 않았을 것이다.

"미주야……."

선희가 뻘쭘한 표정으로 나를 바라보았다.

"뭐야, 니들 미주 친구냐?"

기름 아저씨가 황당하다는 얼굴로 물었다. 죄송합니다. 소희와 선희는 입을 꾹 다물고 더는 아무 말도 하지 않았다. 지들도 생각이 있으면 돌아가는 분위기를 대충 파악했겠지. 나는 점포로 들어가 가방을 들고 나왔다. 쯧쯧쯧 혀 차는 소리가 들렸고, 벌써 싸움이 끝나 아쉬운 듯 가나 보네, 하는 소리도 들렸다. 나는 사람들의 시선을 무시하고 큰길로 나갔다. 소희와 선희도 눈치껏 졸졸 따라왔다.

"니들 또 한 번 와 봐!"

기름 아저씨가 등 뒤에서 소리쳤다.

돌아보니 박 씨가 휠체어 바퀴를 툭툭 치고 있었다.

"미안해……."

소희가 사과했다. 알고 보니 친구 엄마라니. 황당한 팀킬이었다. 우리는 시장 입구 큰길로 나와 횡단보도 앞에 나란히 섰다. 신호등은 바뀌지 않고 할 일은 없었다. 그래서 신호등에 기대어 놓은 쓰레기봉투를 발로 찼다. 위험하오니 뒤로 물러나 주세요! 두어 명의 여자 목소리를 합성한 것 같은 기계음이 다급하게 경고했다. 신호등 옆에 새로 생긴 보행자 안전 대기 장치에서 나오는 소리였다. 기계음녀는 내가 노란색 안전선을 밟을 때마다 경고했다. 지가 지하철이야? 나는 안전선 위에 떡 섰다. 위험하오니 뒤로 물러나 주세요! 위험하오니 뒤로 물러나 주세요! 어찌나 위협적으로 경고하는지, 물러나지 않으면 곧 사살할 것 같았다.

"아, 시끄러워. 위험하다잖아, 이년아!"

선희가 내 팔을 확 잡아끌었다.

우리는 자전거 전용 도로가 사람 다니는 길보다 더 좋은 탄천으로 갔다. 탄천 언덕 너머 대형 공용 주차장에는 닷새마다 장이 선다. 오일장의 특성상 거의 모든 점포가 이동식이다. 그런데 사람들은 이 점포를 포장마차라고 부른다. 점포와 포장마차의 차이…… 미묘하다. 그런데 오늘처럼 오일장이 서지 않는 날은, 기름집 앞길 담장에 딱 붙여 점포를 세우니 그 모습이 영락없이 포장마차다.

"엄마한테 왜 그랬냐?"

소희가 막대 사탕을 쪽쪽 빨며 물었다.

"......"

"손만두 너, 실망이다. 길에서 엄마 멱살을 잡는 년이 어딨냐?"

선희가 높이 자란 풀을 탁탁 치며 말했다.

"집에서는 괜찮냐?"

"어디서든 이년아! 엄마한테 손이 나가디? 그냥 한 대 맞아라, 미친년아."

욕이 모국어인 나라에서 태어난 것 같은 선희. 선희의 쭉쭉 뻗는 네이티브 욕에 지나가는 사람들이 흘긋흘긋 우리 쪽을 바라보았다. 새파랗게 어린것들이,라고 속으로 욕했을 테지……

"고마운 거하고 미안한 건 다른 거 아니냐?"

내가 물었다.

"뭐래?"

선희가 되물었다.

"고마운 일에는 고마워하고, 미안한 일에는 미안해하는

거 아니냐고."

"엄마한테 고맙고 미안하지? 만두 얻어먹으려고 왔다가 괜히 우리가 독박 썼네."

나는 선희를 가만히 보았다. 얘는 참……. 치마를 너무 끌어 올려서 하의 실종에 가까운 교복 차림이었다. 입술에는 꼭 틴트를 발라 하얀 얼굴과 빨간 입술을 강조했다. 유행이 한참 지났지만 자기한테 제일 잘 어울린다며 앞머리를 늘뱅으로 자른다. 나 좀 노는 아이랍니다!로 오해받기 딱 좋은 스타일이다. 하지만 은근히 모범적이다. 엄마에게도 모자라 골 때리게 모범적인 친구한테까지 야단을 맞다니. 모든 게 박 씨 때문이다. 굳이 더 따지고 들면 삼 년 전 오일장 비탈길에서 박 씨를 구하고 장렬하게 돌아가신 아빠 탓이겠지만. 배추 트럭이 뒷바퀴에 받쳐 놓은 벽돌을 밀어 내고 저절로 후진했다. 그 트럭 아래로 휠체어 탄 박 씨가 비탈을 올라가고 있었고, 박 씨 뒤에서 아빠가 점포를 끌며 올라가고 있었다. 그리고 아빠가 박 씨를 밀치고 온몸으로 트럭을 받았다. 천년 무공을 닦은 사람도 아니고, 삼십 년 만두 무공으로 트럭을 상대하면 안 됐는데. 순전히 아빠의 자유 의지였다. 그러니까 박 씨는 고마워하기만 하면 됐다. 그런데 자꾸 미안하다고만 했다. 처음에는 그래, 우리 가족에게 미안

하겠지 싶었다. 그리고 일 년, 이 년, 삼 년이 흘렀다. 박 씨는 이제 미안해서 죽을 것 같은 얼굴로 우리 일을 돕고 있다. 무슨 일을 죄인 얼굴로 도와주냐고. 내가 박 씨에게 이렇게 말하면 어떨까? 늘 우리 일을 도와주셔서 정말 미안합니다. 이게 말이 되나?

"내 동생 같았으면 나한테 죽었어, 넌아. 가서 빌어."

"그래, 엄마한테 그러는 건 좀 아니잖아."

선희와 소희가 단짝 아니랄까 봐 함께 나를 몰아붙였다. 뭘 어떻게 정리해서 말해 줄 기분도 아니었다. 나는 한숨 한번 쉬고 집에 가자,고 했다. 탄천을 돌아 우리는 다시 큰길 횡단보도 앞에 섰다. 안전 대기 기계음녀가 술이 불콰하게 올라 몸도 가누지 못하는 할아버지에게 불꽃따귀를 맞고 있었다.

"왜 자꾸 뒤로 물러나랴? 니가 이 길 샀냐? 샀어? 어디서 가라 마라여!"

신호등이 초록색으로 바뀌자 맞을 만큼 맞은 기계음녀가 다급하게, 이제 안전하게 길을 건너세요!라고 외쳤다. 하지만 이미 빈정 상한 할아버지의 따귀는 멈출 줄을 몰랐다. 안 가, 안 가! 니가 가라면 갈까 봐?

"저 할아버지 왜 저러냐……."

소희가 막대 사탕을 입에 물고 할아버지를 보며 길을 건넜다.

"너도 맞기 싫으면 못 본 척 그냥 가, 넌아."

아, 얘들은 정말…….

밤 10시. 나는 잠시 문 앞에서 서성였다. 기계음녀가 이제 안전하게 집에 들어가세요!라고 해 줬으면. 나는 열쇠로 문을 열고 슬며시 집으로 들어갔다.

"지가 무슨 착한 딸이라고 집에는 꼬박꼬박 들어와."

엄마가 손으로 허리를 짚고 구부정하게 서서 말했다. 허리가 많이 안 좋아 보였다. 나는 흥! 살짝 째려보고 방으로 들어왔다. 들어오자마자 침대에 벌러덩 누웠다가 다시 벌떡 일어났다. 내일은 오일장이 서는 날이다. 엄마는 아무리 아파도 기어이 장에 나갈 사람이다. 지금부터 둘이 밤새 만두를 만들어도 새벽 장 시간에 맞추기 힘들 것이다. 그렇다고 아무 일 없었다는 듯이 쓰윽 나가 밀대를 잡기도 민망했다. 나는 자리를 옮겨 책상 의자에 앉았다.

땡!

"아야!"

스테인리스 밥공기가 날아와 내 뒤통수를 때렸다.

"밥 먹으라고 몇 번을 불러!"

엄마가 문지방에 엎드리듯 앉아 있었다.

"그냥 먹으라고 하면 되지 밥그릇은 왜 던져!"

"너도 낮에 대접 던졌잖아, 이년아."

못 이기는 척 방에서 나와 상 앞에 앉았다. 큰소리는 쳤지만 딱히 엄마를 이길 방법도 없고, 밤늦게까지 탄천을 돌아다녔더니 배도 고팠다. 아침상을 복사해 붙인 것 같은 저녁상이었다. 보통은 엄마가 시장에서 새 반찬 하나 정도는 해오는데 오늘은 없었다. 내가 밥을 먹는 동안 엄마가 만두를 만들었다. 밀판에 밀가루를 뿌리고 발효시킨 반죽을 손바닥으로 쓰윽 문질렀다. 껍질 벗긴 뱀, 언제 봐도 징그럽다.

"아이고, 아이고……."

엄마가 앓는 소리를 내며 부엌칼로 반죽을 탁탁 토막 냈다.

나는 숟가락을 내려놓았다. 그리고 엉덩이로 엄마 엉덩이를 떠밀었다.

"비켜."

엄마가 갸우뚱 기운 채 바닥을 짚고 나를 보았다. 나는 밀대를 들고 토막 난 반죽을 힘껏 밀었다. 정말이지 이런 건 못하고 싶다. 그런데 모태 만두피 기술자처럼 몇 번 쓱쓱 밀면 어른 손바닥만 한 만두피가 일정한 두께로 만들어졌다.

엄마가 태교로 만두피 학습에만 전념한 것이 분명했다. 엄마가 만두를 빚는 속도는 내가 피를 만드는 속도보다 더 빨라서 피가 부족하면 중간중간 만두를 삶아 놓는다. 큰 쟁반에 만두가 다 차자 엄마가 쟁반을 들고 일어섰다. 그러고는 곧바로 주저앉았다. 안 그래도 허리가 안 좋은데 오늘 낮에 더 심하게 다친 모양이었다. 나는 엄마를 슬쩍 밀고 쟁반을 들었다.

"비켜."

"이년이 왜 자꾸 사람을 밀고 난리여."

우리 집 만두는 찌지 않고 데치듯 삶아 낸다. 그것으로 만둣국을 끓이는 것이다. 친할머니표 재래식 왕만둣국이다. 빌어먹을…… 나는 삶는 것마저 잘한다. 삶아 낸 만두를 곧장 찬물에 담갔다 건져 대나무 채반으로 옮겼다. 아직 몇 번은 더 삶아야 한다. 나는 다시 바닥에 앉아 밀대를 잡았다.

"박 씨한테 빌어."

낮에, 소희와 선희는 엄마에게 빌라고 했다.

밤에, 엄마는 박 씨에게 빌라고 한다.

"니가 땅바닥에 대접을 던졌어도, 박 씨 머리에 던진 거나 진배없어. 아무리 꼴 보기 싫은 인간도 문을 나가야 소금을 치는 것이지 눈앞에 두고 그렇게 하는 거 아녀, 이년아!"

혹시 엄마의 친딸은 선희가 아닐까?

밤새 만든 만두가 사라졌다. 그 대신 밥상 옆에 파스를 붙이고 난 비닐만 놓여 있었다. 장날 아침이다. 나는 대충 씻고 머리를 질끈 묶은 뒤 집을 나왔다. 밤새 끙끙대더니…….

오일장 북새통에 이른 아침부터 경고를 해 대는 기계음녀를 지나 장 안으로 들어갔다. 사람이 얼마나 많은지 우리 점포도 잘 보이지 않았다. 나는 사람들을 헤치고 점포로 들어갔다. 역시 박 씨가 엄마를 도와 설거지를 하고 있었다.

"나 왔어."

"학교는?"

"놀토야."

"이거 얼른 손님 드려라."

만둣국을 손님 앞에 내려놓고 가판 뒤로 가다가 박 씨와 눈이 마주쳤다.

"미주 왔으니 난 이제 가 봐야겠다. 이거 헹구기만 하면 돼."

박 씨가 환하게 웃으며 구석에서 나왔다. 빌까 말까 고민하는 사이 박 씨가 점포를 나갔다. 빠르기도 하지.

"저희 두 그릇만 주세요."

비료 포대를 든 아저씨와 내 또래 남자애가 점포로 들어 왔다. 엄마가 커다란 탕솥에서 육수를 퍼서 냄비에 옮겨 끓였다. 나는 접시에 김치를 담아 아저씨 앞에 놓고 빈 그릇을 치웠다. 엄마가 만둣국을 두 대접에 똑같이 나눠 담고, 내가 고명을 올려 아저씨와 남자애 앞에 놓았다.

"이른 아침부터 착하기도 하지."

아저씨가 아들 만둣국에 후춧가루를 뿌려 주며 말했다. 이른 아침부터 아빠를 따라 비료를 사러 온 자기 아들이 착하다는 것인지, 이른 아침부터 엄마를 도와주는 내가 착하다는 것인지 잘 모르겠는 애매한 말이었다. 남자애가 피식 웃었다. 나한테 착하다고 해서 웃은 건가, 저보고 착하다고 해서 웃은 건가? 애매하기 짝이 없는 부자였다. 이거면 이거고 저거면 저거지, 주어 빠진 말도 모자라 주어 빠진 웃음은 대체 뭐냐고.

"아빠, 우린 이거 가지고 곧장 가면 돼요?"

"응. 엄마는 이따 오후에 유희랑 천천히 온대."

"아빠……."

보아하니 중1이나 중2인데, 꼭 아빠를 먼저 부르고 이야기를 했다. 다정한 소년 같으니라고…….

손님이 몰리는 점심 장사가 끝났다. 엄마 얼굴에 핏기가 하나도 없다. 심상찮다. 나는 천장에 매달린 분유통에서 만원짜리 한 장을 꺼내 밖으로 나갔다.

"어쩐지 열심히 한다 했다."

엄마의 한숨 섞인 말이 들렸지만 무시하고 사람들 틈으로 끼어들었다. 도시 한복판에서 열리는 오일장. 장을 꽉 채우는 이 사람들은 도대체 어디서 왔을까? 나는 사람들을 구경하면서, 엄마가 좋아하는 뚝배기 오리탕을 사서 다시 점포로 돌아왔다. 엄마는 몸이 안 좋을 때마다 보약처럼 오리탕을 먹는다.

"먹어."

나는 오리탕을 도마에 내려놓았다.

"웬 오리탕이여. 어서 사 왔어, 장수탕집?"

그릇만 봐도 다 알면서 엄마는 괜한 소리를 했다.

"음식점 이름이 장수탕이 뭐야, 장수탕이. 목욕탕이야?"

"그래도 여기서는 이 집이 제일 나아. 너도 얼른 점심 먹어."

내 전용 만둣국을 끓여 놓은 걸 보니, 엄마는 내가 돌아올 줄 알았나 보다. 국물이 적고 고명을 올리지 않은 만둣국이다. 나는 만두를 우걱우걱 먹었다.

"이번 고춧가루 너무 매운 거 샀어."

"그래? 칼칼하니 괜찮더만. 어— 국물 좋다. 너 좀 먹을
래?"

"됐어, 엄마나 먹어."

오리탕에서 들깻가루 냄새가 지독하게 났다. 몸이 아플
때마다 오리탕을 먹는 엄마. 들깻가루 냄새는 어디서 맡든,
어딘가 아픈 엄마를 떠올리게 만든다.

"저기……."

"왜?"

"아녀. 얼른 먹고 박 씨 점심 가져다줘라."

엄마는 오리탕을 다 먹자마자 만둣국을 끓였다. 아, 박 씨
정말……. 어제 박 씨는 우리 점포의 전등을 켤 자동차용 배
터리를 옮기고 있었다. 배터리를 질질 끌며 나머지 한 손으
로 휠체어 바퀴를 돌렸다. 그리고 그때, 어떤 손님이 박 씨
에게 힘을 내라고 했다. 그래서 대접을 던졌다. 알 수 없는
화가 머리끝까지 올라왔었다. 힘내라니, 씨발.

"아빠하고 피붙이처럼 형 동생 하고 지낸 사람이여."

엄마가 쟁반에 만둣국과 김치를 올리며 말했다.

"박 씨가 너를 얼마나 예뻐했냐. 얼른 가져다줘라. 배고프
겠다."

물론 지금도 여전히 예뻐한다는 거 안다. 순간 코끝이 시큰했다.

"갔다가 집으로 바로 가. 오리탕 먹었더니 기운이 펄펄 난다."

치이. 오리탕이 무슨 천하의 명약이라고……

나는 분유통에서 만 원짜리를 또 한 장 꺼냈다.

"이년이 왜 자꾸 돈을 꺼내!"

"아저씨 오리탕 사다 주려고."

"그럼 이건 어쩌고?"

"손님한테 서비스해. 아저씨도 만둣국 물렸겠다."

나는 국물 많은 박 씨 전용 만둣국을 그냥 두고 점포를 나왔다.

박 씨는 늘 시장 입구 제일 구석에 자리했다. 군용 담요로 하체를 가리고, 허벅지에 나무판을 올려 도장을 파는 것이다. 언제 어디서 다쳤는지 나는 모른다. 어려서 봤을 때부터 박 씨는 휠체어에 앉아 있었고, 나는 그것을 당연하게 받아들였다. 발아래에 놓인 공공칠가방에는 목도장과 플라스틱 도장이 들어 있다. 비싼 옥도장도 있지만 장에서 옥도장을 파는 사람은 드물었다.

"점심 드세요."

"손님 많지? 어? 오리탕이네."

"엄마가 몸이 안 좋다고 두 그릇 시켰어요."

"얼마 전부터 허리를 잘 못 쓰시더라. 병원에 한번 가 보시라고 해."

"네."

"국물 좋다!"

나는 공공칠가방 옆에 쭈그리고 앉았다. 아주 어렸을 때는 늘 박 씨 옆에 앉아 도장을 가지고 놀았다. 그 때문에 내가 박 씨 딸인 줄 아는 사람도 많았다. 이제는 엄마와 박 씨를 부부로 착각하는 사람도 있다. 잘 어울린다고도 했다. 엄마와 아빠가 함께 있을 때는 들어 보지 못한 말이었다. 시골 아낙 같은 엄마와 설핏 교장 선생님 느낌이 나는 아빠가 어울리지 않는다고 했다. 아빠가 진짜 교장 선생인들 만둣국집 여자와 결혼하면 안 되나? 하반신이 마비되고 장에서 도장을 파는 박 씨라도 사업하는 여사장과 결혼할 수 있는 거 아닌가? 내가 아직 어려서 세상을 잘 모른다고 해도 상관없다. 세상을 잘 아는 어른들은 그래서 뭐 얼마나 잘 사는데.

"두 분 참 잘 어울려요. 힘내세요."

그 손님이 말 속에 숨긴 말을 내가 읽어 낸 것이 화근이었다. 장터 만둣국집 여자와 장애인 남자. 그래, 당신 눈에는 이래야 어울려 보이지? 끼리끼리. 씨발, 그걸 덕담이라고……. 도대체 뭘 힘내라는 건데? 그렇게 불쌍해 보이면 쌓인 만두나 다 사 가든가. 겉만 뻔지르르하고 속은 텅 빈 공갈 만두 같은 인간아. 당신이 얼마나 대단한지 몰라도, 우리는 여기서 삼십 년을 터 잡고 장사한 사람들이야! 그렇게 소리치고 싶었다. 그런데 그 화가 대접으로 옮겨졌고, 대접은 박 씨를 살짝 비켜나 옆으로 날아갔다.

"어제, 아저씨한테 그릇 던진 거 아니에요."

나는 목도장을 기차처럼 길게 늘어놓으며 말했다.

"알어. 거기 가방 지퍼 열어 봐. 도장 하나 있다. 니 거야."

가방 안에는 촌스러운 초록색 도장 지갑이 들어 있었다. 어디서 이토록 초록한 지갑을 구했을까? 도장 역시 초록색 옥이었다. 손미주. 앞뒤로 내 이름을 새겼다. 앞은 한글, 뒤는 한문. 이왕이면 옆구리에 영문 이름도 하나 새겨 주시지.

"도장 잃어버렸다며. 이 세상에 딱 하나밖에 없는 문양이다, 하하하."

살짝 눈물이 날 뻔했다. 전에 목도장을 받을 때도 그랬다. 겉모양은 좀 그래도 박 씨가 직접 판 수제 도장이다. 속이 �꽉 찬 우리 집 만두처럼 도장에는 내 이름이 꽉 차 있었다.

도장 잃어버린 건 또 어떻게 알았을까. 마침 할아버지 손님이 오지 않았으면 정말로 울었을지도 몰랐다.

"목도장 하나 파는 데 얼마요?"

"삼천오백 원요."

내가 얼른 대답했다.

"뭔 장에서 그렇게 비싸?"

"길 건너 도장집에서는 오천 원 받아요."

"거기는 가겟세라도 내지."

"우리도 자릿세 내요."

뻥이다. 안 낸다. 장터에서 잔뼈 굵은 내가 저런 말에 밀릴 리가 없다.

"하긴 공짜가 어딨겠어. 도장 하나 팝시다. 딸이 똘똘하네."

박 씨가 껄껄 웃으며 오리탕 뚝배기를 내려놓았다.

나는 뚝배기가 든 쟁반을 들고 일어났다.

"저녁에는 내가 가서 도우마."

"네."

잘못했다고 빌지는 않았지만 마음은 가벼웠다. 빈 뚝배기 덕분일 수도 있고, 새로 생긴 도장 때문일 수도 있다. 어쨌든 나쁘지 않았다. 그나저나 이 미치도록 초록한 도장 지갑은 어떡하지?

"엄마."

나도 비료 포대 소년처럼 다정하게 엄마를 부르며 점포로 들어갔다. 그런데…… 안에서 소희와 선희가 만둣국을 먹고 있었다. 우걱우걱.

"만두야!"

소희가 자기 얼굴만 한 만두를 들고 나를 불렀다. 시장에서 만두는 우리 엄마야, 이것아…….

"얘들이 파스 몇 장 주고 만두를 달란다."

엄마가 팔짱을 끼고 앉아 소희 선희를 번갈아 보며 말했다.

"우리 이거 다 먹고, 문 닫을 때까지 일할 거라니까요."

소희가 애교를 살살 떨었다. 소희는 참, 지나치게 구김살이 없다. 나는 행주로 소희 선희가 만둣국을 먹고 있는 탁자를 훔쳤다. 그때, 선희가 불쑥 물었다.

"엄마한테 빌었냐?"

"……"

"싹싹 빌어, 넌아. 우린 벌써 빌었어!"

넌아, 소리는 매우 낮게 깔았지만, 네이티브 발음답게 정확하게 들렸다. 엄마가 선희를 획 보았다. 드디어 친엄마와 친딸의 상봉인가.

"왜, 저년이 나한테 뭐 빌 게 있다든?"

"어제 만두가 엄마 멱살 잡고 까불었잖아요."

"그게 아닐 텐데……."

엄마가 고개를 살짝 비틀며 말을 흘렸다. 만약에 내가 어제 진짜로 엄마 멱살을 잡았다면, 장담컨대 내 몸은 엄마 손에 고운 가루가 되어 아빠와 나란히 영면할 터였다. 우리 엄마한테 엄마라고 하는 선희, 나보다 더 살가운 소희. 알찬 만두 같은 기집애들 같으니라고. 니네 우리 만두 한번 먹으면 이제 만날 먹어야 돼. 중독성 강한 만두거든!

파란 아이

"춥니? 입술이 파랗다."

남자가 묻는다.

"아뇨. 원래 그래요."

소년이 대답한다. 강에 발도 담그지 않았는데 소년의 파란 입술이 추위를 떠올리게 했다. 하늘과 강과 소년의 입술이 파랗다. 남자는 백조 모양 튜브에 세 살 남짓한 딸을 태우고 강으로 들어갔다. 소년은 작은 돌 하나를 주워 강으로 툭 던졌다. 대부분의 사람들이 소년을 파란 아이라고 부른다. 그렇다고 소년이 이제껏 들어 온, 앞으로도 그리될, 흡혈귀나 물감 삼킨 아이 등등의 별명을 이야기하고 싶지는 않다. 저 입술을 두고 만들어진 별명을 늘어놓느니 수천 톤의 블루베리를 한 알씩 일렬로 세우는 게 더 나을 테니. 악의든 선의든 당신이 상상하고 예측한 별명은 이미 다 얻었다고 보면 맞는다. 그래 그거, 지금 당신이 떠올린. 소년은 옆에 내려 둔 커다란 쟁반을 들고 일어났다.

"찹쌀 도넛 있습니다!"

올봄, 소년은 중학생이 되었다. 매장에서 교복을 입어 본 소년은, 바지폭을 줄이고 와이셔츠 속에 입을 티셔츠를 생각했다. 흰 피부에 선이 또렷한 파란 입술은 교복과 잘 어울렸다.

"예쁘다."

어머니는 예쁘다고 했다. 그리고 여자 중학생 교복을 흘긋 보았다. 소년보다 먼저 태어나 일찍 죽은 딸이 떠오른 것이다. 어느 더운 여름날, 어머니는 작은 튜브 풀장에 물을 받아 아이를 놀게 했다. 그리고 아이는 어머니가 잠시 삶던 빨래를 뒤척이는 사이에 익사했다. 그때 나이 세 살이었다. 어머니는 숨을 멈춘 아이의 파란 입술을 잊지 못했다. 삼 년 뒤 소년이 태어났다. 파란 입술을 가진 소년이. 어머니는 소년에게 누이가 먹었던 음식을 먹였고, 이부자리와 장난감

따위를 그대로 물려주었다. 물가에는 데려가지 않았다. 동네 목욕탕조차. 하지만 소년의 손은 자주 마사지해 주었다.

"손이 거칠면 엄마처럼 거친 일 하고 살아."

그러나 산 좋고 강 좋은 P시 강촌에 사는 할머니는 달랐다.

"멀쩡한 사내놈을 죽은 가시나 썬 애로 키우고 지랄이여 지랄이."

할머니는 소년을 소녀처럼 키우는 며느리가 마음에 들지 않았다. 두 사람의 갈등이 시작된 것은, 오래전 어머니가 할머니와 아버지의 반대를 무릅쓰고 소년의 이름을 '황선우'라고 지었을 때부터다. 죽은 누이와 한자만 다르게 해 결국 같은 이름으로 지은 것이다.

"죽은 애 이름을 어디에 붙여. 새끼를 지 좋으려고 키우나?"

할머니는 지금도 소년을 선우라 부르지 않는다. 작명소에서 지어 온 이름 '은결'로 부른다. 가슴 아프지만 신명이 그것밖에 되지 않아 일찍 간 아이의 혼을, 막 태어난 아이에게 불러들일 수는 없었다. 소년을 두고 고부 사이가 극으로 치달았다. 그렇다고 딸을 잃은 며느리의 아픔까지 모르는 척할 수 있겠는가. 시간이 흐르면 나아지겠지. 할머니는 그때까지만이라도 떨어져 사는 게 나을 것 같아 소년의 가족을 서울로 분가시켰다. 그 대신 방학 때만이라도 소년을 강촌으로 보내라는 당부를 했다. 어머니도 할머니에게 소년을 물가에만 데려가지 말아 달라고 신신당부했다.

"산이 좋으니까 산에서 놀면 돼."

할머니는 대수롭지 않게 말했다.

그렇게 당분간만 떨어져 있으면 될 줄 알았는데, 벌써 수년이 지나고 말았다. 떨어지는 것보다 다시 합치는 게 더 어려웠다. 그동안 소년은 방학 때마다 강촌을 찾았고, 할머니는 대수롭지 않게 소년을 데리고 강이나 계곡으로 놀러 다녔다. 그리고 여름 피서객에게는 도넛을, 겨울 강태공에게는 컵라면을 팔았다.

"은결아, 엄마 아빠한테 말하면 안 된다."

"네."

꽤 어릴 때부터였다. 어려서 눈치가 없을 거라 생각하면 오산이다. 아이의 직관은 어른의 그것보다 날카롭다. 귀찮아질 일과 곤란해질 일을 본능적으로 알아챈다. 해야 할 말과 하면 안 되는 말을 기가 막히게 구별한다. "몰랐어요."라는 말에도 속지 말자. 그렇게 말해야 복잡한 일에서 빠져나올 수 있다는 것조차 이미 알고 있으니. 그런데 소년이 정말 몰랐던 일을 알게 된 것은 작년이었다. 초등학교 마지막 겨울 방학. 할머니는 역시 비밀을 전제로 소년에게 말했다. 죽은 누이가 있다.

"네?"

가방에 단 해와 달 모양 인형은 이제 그만 뗄 때가 됐다. 취향이 그래서 스스로 단 장식이라면 모를까, 어머니가 죽은 딸을 잊지 못하고 달아 준 것이라면 분명 문제였다. 할머니는 어머니 마음에 상처가 나서 소년을 소녀로 키우고 있다고 했다.

"너는 너로 자라야지, 누이로 자라면 안 된다."

먼저 태어나 일찍 죽었어도 오누이인데 어디 닮은 구석 하나 없겠는가. 어머니는 소년과 누이가 일치하는, 혹은 비슷한 모습만 봐도 가슴이 쿵쾅거렸다.

"선우도 그것만 먹었어요."

"니가 그것만 먹었겠지."

"선우 겨드랑이 밑에 점이 있었던 건 아세요?"

"나도 겨드랑이 밑에 점이 있다. 보여 줄까?"

할머니와 어머니의 대화를, 소년은 그제야 이해하게 된 것이다.

뭐 하냐?

소년의 오랜 동네 친구 동아가 메시지를 보냈다.

도넛 판다.

그걸 왜 팔아? 할머니네 놀러 간 거 아니냐?

할머니하고 팔아. 비밀이다.

누구한테?

우리 엄마 아빠하고 니네 엄마 아빠한테.

어른들의 상상력은 이상한 쪽으로만 발달했는지, 하나를 말하면 열을 떠올리고, 자기 상상에 확신을 더한다. 만일 소년이 도넛을 판다고 하면, 내가 어떻게 키운 아인데……로 시작해 어쩐지 애를 그렇게 찾더라,며 시끄러워질 게 뻔했다. 소년은 한때 '요즘 아이들'이었을 요즘 어른들 때문에 머리가 아프다. 자신들은 꽤 정숙한 성장기를 보내고 꽤 근사한 어른이 된 것처럼 요즘 아이들을 비난한다. 그러나 소년이 보기에는 요즘 어른들이 문제다.

"오늘은 좀 어떠냐?"

할머니가 소년의 도넛 쟁반을 살피며 물었다.

"작년보다는 못해요."

"먹고살기 힘드니까 놀러 다니기도 힘든가 보다. 어여, 밥 먹어라."

할머니는 설탕통을 확인하고, 상자에서 도넛을 덜어 쟁반에 담았다. 새벽에 시장에서 떼어 온 도넛이다. 꽈배기 도넛, 단팥 도넛, 둥근 찹쌀 도넛. 그렇지만 할머니는 전문 장사꾼이 아니다. 피서객이 몰리는 휴가철에만 반짝 팔고, 보통은 반 마지기쯤 되는 밭에서 콩이나 고추, 상추, 쑥갓 등속을 기른다. 이것도 팔려는 게 아니라 계절에 맞는 채소를 필요에 따라 심는 것이다. 가끔 혼자 먹기에 너무 많으면 장에 가지고 나가 팔기도 하지만 말이다.

"혼자 먹고사는데 뭔 농사를 지어. 그냥 심는 거지."

소년은 할머니에게 풋고추를 된장에 찍어 먹는 법을 배웠다. 맛있다. 소년이 상추에 밥을 올리자 할머니가 돼지고기 두루치기 한 점을 얹는다. 소년의 볼이 터질 것 같다. 그렇게 한참을 먹고 있는데 동아에게서 또 메시지가 왔다.

나도 거기 가도 되냐?

가출이냐?

니네 할머니가 전화해 주면 놀러 가는 거고, 안 해 주면 가출이야.

"할머니, 여기 내 친구 와도 돼요?"
"그럼, 되지."
할머니는 동아 어머니와의 간단한 통화로 동아의 가출을
막았다. 동아 어머니는 더운 날 좋은 곳에서 동아만이라도
편히 놀다 오길 바랐다. 아등바등 살다 보니 휴가는 늘 남의
집 일이었다. 남들이 사교육비 걱정할 때, 소년과 동아의 부
모들은 당장 먹고살기 위해 장바구니 물가를 걱정했다. 소
년의 부모는 택배 일을 하고, 동아의 부모는 세차장에서 일
한다. 누가 더 힘들고 누가 더 많이 버는가를 따지는 것은
의미가 없다. 몸이 녹초가 되도록 일하는데도 빚이 점점 늘
어나는 건 두 집 다 마찬가지니까.
"엄마, 배고파."
"아빠, 내일까지 학교 통장에 구만 원 넣어야 돼."
엄마, 엄마, 엄마. 아빠, 아빠, 아빠. 제발 좀 그만 불

러……. 동아가 학교에서 며칠 여행을 갔던 날, 퇴근한 동아 어머니는 텅 빈 고요한 집에서 눈물을 흘린 적이 있다. 잠시의 휴식도 없는 고된 하루살이가 서러웠던 것이다.

혼자 올 수 있냐?

나 중학생이야!

서울에서 출발하면 두 시간 남짓 걸린다. 이 시즌에는 시외버스 배차 시간이 좋다. 강과 이어지는 계곡의 래프팅 시설이 잘되어 있고, 시에서 야영장도 늘려 찾는 사람이 제법 많기 때문이다. 한 좌석쯤은 어렵지 않게 구할 수 있을 것이다. 소년은 설렜다. 친구가 온다. 서울에서 지긋지긋하게 보던 얼굴인데, 이곳에서 맞이하려니 벌써 반갑다. 할머니는 비닐봉지에 도넛을 몇 개 담았다.

"오는 길에 허기질 거야. 먹이면서 데리고 와라."

"네."

"한 바퀴 돌고, 아욱 좀 뜯어 와야겠다. 여름 아욱국도 시원하니 좋아."

할머니가 도넛 쟁반을 머리에 이었다. 할머니는 손으로

드는 것보다 머리에 이는 것이 더 편하다. 소년은 할머니를 배웅하고 시계를 보았다. 기차를 타라고 할 걸 그랬나 싶다. 기차가 조금 더 빠르다. 그러나 어려서부터 버스를 탄 소년은 기차가 익숙지 않다. 소년은 동아에게 메시지를 보냈다.

버스 탔냐?

오 분 뒤에 출발한다.

동아는 소년에게 메시지를 보내고 입맛을 다셨다. 아침도 시리얼로 대충 해결했는데 점심까지 굶고 터미널로 달려왔다. 생전 처음 혼자 먼 곳을 찾아간다. 시외버스 표는 어떻게 끊는지, 버스는 어디에서 타야 하는지 전혀 몰랐다. 그래도 배짱은 좋았다. 소년은 초등학생 때부터 혼자 다녔다지 않는가. 까짓것 영 안 되겠다 싶으면 집으로 돌아가면 그만이다. 낙천적이기까지 하다. 터미널에는 휴가를 맞아 삼삼오오 몰려다니는 사람이 많았다. 동아는 그중 한 무리에게 다가갔다.

"P시 가려면 어디서 표 사나요?"

"너 혼자 가니?"

버스 대신 말을 타고 달려갈 것처럼 멋진 카우보이모자를 쓴 형은, 표를 사는 곳과 표를 보는 법을 세심하게 알려 주었다. 표를 사고 나니 출발까지 칠 분밖에 남지 않았다. 타는 곳이 멀었다. 달려라. 동아는 친구네 할머니 집이 아니라, 터미널에 설치된 폭발물을 제거하러 가는 사람처럼 신속하게 움직였다. 사람들이 벌써 버스에 오르고 있었고, 기사는 버스 옆구리에 짐을 싣고 있었다. 동아가 버스에 막 올라탔을 때, 소년에게 메시지가 왔다. 버스 탔느냐고. 동아는 거드름 피우며 답을 보낸 뒤, 차창 커튼을 묶어 버렸다. 갑자기 오줌이 마렵다. 화장실을 다녀올까 말까 고민하는 사이 버스가 출발했다. 배고프고 오줌 마려운 여행이었다.

소년은 옷의 먼지도 털고 머리도 빗으며 꽤 시간을 끌었지만, 터미널에 한 시간이나 일찍 도착했다. 소년은 도넛 봉지를 들고 앉아 사람들을 구경했다. 현지 사람들은 두리번거리지 않는다. 곧장 버스 정류장이나 택시 승차장으로 간다. 산나물 같은 고장 특산물은 거들떠보지도 않는 것이다.

"돌아갈 때 저거 사 가야겠다. 우리 엄마 나물 좋아해."

한 피서객이 말한다. 지금 돌아갈 버스를 기다리는 누구도 왔을 때는 그렇게 말했겠지. 그러나 가는 사람 대다수는

그저 승차장만 바라볼 뿐이다. 노느라 지치고 피곤해 엄마
가 좋아하는 나물을 잊은 것이다. 그러나 소년을 보고서는
그냥 지나치지 않는다.

"쟤 정말 예쁘게 생겼다. 입술 봐, 되게 파래."

소년은 매점에서 바나나 맛 우유를 샀다. 그리고 버스 승
차장으로 나갔다. 곧 버스가 들어오고, 창에 이마를 대고 두
리번거리는 동아가 보였다. 소년을 발견한 동아가 주먹으
로 창을 탕탕 쳤다. 소년이 번쩍 손을 들었다. 내려, 내려! 버
스가 멈추고 드디어 동아가 내렸다.

"잘 왔어."

"배고파 죽을 지경이다."

소년이 도넛과 우유를 내밀었다. 동아는 꽈배기 도넛을
우걱우걱 먹었다. 도넛이 이렇게 맛있는 음식이었나. 바나
나 맛 우유는 언제 먹어도 맛있다.

"휴게소에서 뭐 안 먹었냐?"

소년이 물었다.

"화장실 찾다가 헤매서, 버스 놓칠까 봐 아무것도 못 샀
어."

"하하하하. 가자, 마을버스 타고 더 들어가야 해."

같은 사람인데 다른 곳에서 보니 새로운 느낌이다.

"안녕하세요!"

동아가 힘차게 인사했다.

"오냐. 멀미했을 텐데, 이것부터 한 사발 마셔라. 속이 좋아질 거야."

할머니가 벌써 아욱국을 끓여 놓았다. 급식으로 가끔 나오지만 동아는 밍밍해서 좋아하지 않는 국이다. 하지만 티 내지 않고 아욱까지 싹 쓸어 먹었다. 맛있다. 동아는 아욱국이 맛없는 것이 아니라 급식 아주머니 솜씨가 없었던 것이라고 생각한다.

"은결아, 날 더운데 친구하고 멱 감고 와라."

동아가 '누구?' 하는 표정으로 소년을 바라본다.

소년은 픽 웃고 동아를 데리고 계곡으로 갔다.

"너 물 무서워하지 않냐? 수영장도 안 가잖아."

"나 수영 잘해."

동네 청소년 수련관에 수영장이 있지만 소년은 가지 않았다. 중이염이 있어 물에 들어가면 안 된다고 했고, 물에 푸는 소독약에 알레르기가 있다고도 했고, 아주 어렸을 때 물에 빠져 죽을 뻔한 적이 있어 고인 물 공포가 있다고도 했다. 그랬던 소년이 수영을 잘한다고 했다. 동아는 낯선 동네에 아직 적응도 못 했는데, 여태 적응 잘했던 소년마저 낯설어진 느낌이었다.

"은결이가 너냐?"

동아가 물었다.

"할머니가 그렇게 불러."

소년은 계곡 물웅덩이로 보란 듯이 첨벙 뛰어들었다. 이쪽저쪽을 오가며 수영 솜씨도 뽐냈다. 동아도 뒤질세라 뛰어들었다. 계곡물은 얼음장처럼 차가웠지만 찬 만큼 개운했다.

"폼이라고는. 숨어서 혼자 배운 티 확 난다."

소년의 수영 자세는 확실히 이상했다. 물에 뜨기는 하지만, 앞으로 가기는 하지만, 같은 쪽 손과 발을 올리며 뛰는 것만큼이나 어색했다. 매우 빠른 어기적어기적. 수련관에서 배운 솜씨가 있는 동아가 소년의 자세를 잡아 주었다. 그러나 소년은 교정한 자세로 수영을 하면 오히려 물속으로 가라앉았다.

"희한한 새끼네……."

둘은 크고 넓적한 바위로 올라갔다. 해는 이미 기울기 시작했지만 낮 동안 볕에 달궈진 바위는 따뜻했다. 소년과 동아는 바위에 벌러덩 누웠다. 소년이 묻는다.

"왜 갑자기 왔냐?"

"갑자기 엄마가 불쌍해 보여서."

어제, 동아 어머니는 혼자 퇴근했다. 아버지가 세차장 식구들과 술자리를 가졌기 때문이다. 이날따라 빨래는 왜 그렇게 쌓였는지, 설거짓거리는 왜 그렇게 많은지, 구석구석에 먼지는 왜 또 그렇게 수북한지 몰랐다. 어머니는 뭔가에 홀린 듯 청소하기 시작했다. 아주 늦은 밤, 아버지가 술 취해 돌아와 소파에서 코 골며 잘 때까지 청소는 계속되었다. 그리고 오늘 이른 아침, 어머니는 잠을 잔 것인지 밤을 새운 것인지 모를 수척한 얼굴로 종일 집에 있을 동아를 위해 밥과 반찬을 준비했다.

"애 하나 어디 보낼 데도 없고……."

동아는 갈 곳 없는 자신보다 어머니가 더 애처로워 보였다.

"근데 할머니는 널 왜 그렇게 부르냐?"

동아가 물었다.

"선우는…… 죽은 우리 누나야."

동아는 누워 꼼짝도 못 하고 눈동자만 이리저리 굴렸다. 죽은 누이의 이름을 가진 친구라니. 산 계곡의 해는 너무 빨리 기울었고, 신나게 논 물웅덩이는 음산해 보였으며, 바람에 스쳐 차락차락거리는 나뭇가지는 스산했다.

"나 무서워……."

"가자."

소년이 바위에서 내려와 앞장섰다. 걸을 때마다 젖은 바지가 몸에 들러붙는다. 동아는 몇 걸음마다 엉덩이에 낀 바지를 잡아 빼며 소년의 뒤를 따랐다.

할머니가 열무를 잔뜩 넣은 비빔밥과 시원한 아욱국으로 저녁을 준비했다.

"할머니, 선우가 진짜 누구예요?"

동아가 비빔밥을 입에 한가득 물고 물었다.

"은결이 죽은 누이."

할머니는 간결하게 대답했다.

"나 진짜 무서워……."

"사내놈이 뭐 그딴 게 무서워."

"그럼 아줌마는 왜 선우를 선우라고 불러요?"

"어미한테는 이 선우나 저 선우나 다 같아 보이나 보지."

"그런 게 어딨어요."

"내 말이 그 말이다."

동아는 생각한다. 어머니를 쉬게 하고 싶은 마음에 무작

정 떠났다. 어른스럽게 혼자서 먼 길을 와, 반갑고 정겨운 친구와 친구의 할머니를 만났다. 격식 없는 식사에 마음도 편하고 배도 부르다. 그런데 어쩐지 조금 무섭다. 난데없이 등장한 죽은 누이와 그에 대해 지나치게 태평한 소년과 할머니도 살짝 무섭다. 오는 길에 버스가 줄줄이 이어진 긴 터널을 통과하던데, 그때 세계가 바뀐 것은 아닐까. 이곳에서 무사히 지내다가 다시 버스를 타고 터널을 통과하면, 그제야 원래 살던 세계로 돌아가는 것은 아닐까. 이 친구, 상상력도 좋다.

동아는 방을 기웃거렸다. 컴퓨터는커녕 텔레비전조차 없고, 보통 그런 것이 있는 자리에는 만화책만 쌓여 있다. 벽에 산나물과 마늘이 주렁주렁 매달린 모습도 처음 본다. 방에 친구와 둘이 있는 게 이렇게 어색할 줄이야.

"넌 이 시간에 뭐 하냐?"

"만화책도 보고 휴대전화로 게임도 해. 근데 여긴 와이파이 안 터진다."

"척 봐도 알겠다."

둘은 초등학교 때부터 어울려 다녔고, 가끔은 서로의 집에서 함께 자기도 했다. 동아가 막 몽정을 시작하고 얼마 뒤 소년의 하얀 피부와 파란 입술이 문득 괜찮아 보여, 이상한 마음이 들기도 했다. 입술을 한번 만져 보고 싶었지만, 소년은 입술에 대해 말하는 것을 싫어했다. 그래서 소년이 깊이 잠들었을 때 살짝 뽀뽀한 적이 있다. 죽을 때까지 혼자만의 비밀로 간직해야 할 터였다. 그때 동아의 몸에 찬 기운이 훅 지나갔다. 설마 죽은 누나한테 홀려서 뽀뽀했던 것은 아니겠지? 동아는 소년을 쓰윽 훔쳐보며 쌓인 만화책 앞으로 갔다. 그러고는 대충 한 권을 빼내어 무척 집중하는 태도를 보였다. 소년은 그런 동아를 신경 쓰지 않았다. 그저 휴대전화만 만지작거릴 뿐이다. 그런데 아무래도 궁금하다. 동아가 물었다.

"누나가 너로 환생한 거냐?"

"아니래."

"누가?"

"할머니가."

"할머니가……."

"찹쌀 도넛 있습니다!"

장사꾼이 하나 더 늘었다. 소년이 강가를 돌면 동아는 야영장을 돌았고, 동아가 강가를 돌면 소년이 야영장을 돌았다. 붙임성이 좋은 동아가 장사 수완이 더 나았다. 그렇다고 도넛을 더 많이 팔아 더 많은 이익을 남긴 것은 아니다. 할머니가 늘 라면 상자로 딱 두 상자만 떼어 왔으니까. 단지 장사가 조금 빨리 끝났을 뿐이다. 장사를 마치면 소년과 동아는 강이나 계곡에서 수영을 하고, 산에 자신들만의 길을 만들기도 하고, 이른 저녁을 먹은 뒤 할머니와 고스톱을 치기도 했다.

"할머니, 저도 방학 때마다 와서 도와 드릴까요?"

동아가 똥쌍피를 뒤집으며 말했다.

"여기 와서 같이 노는 게 도와주는 거지. 너는 왜 똥만 뒤집냐?"

동아가 뒤집은 똥쌍피를 소년이 먹었다.

"스톱. 저 났어요. 할머니 피박."

"뭔 피박이여? 여기 딱 맞는데."

"들고 있던 거 내려놓으셨잖아요. 할머니 육십 원."

"눈은 귀신같이 밝아 가지고……."

그렇게 강촌에서 하루하루를 보내는 것이다.

소년의 방에는 수많은 만화책과 몇 권의 소설책과 할아버지가 남긴 바둑판이 있다. 그러나 소년과 동아는 바둑을 둘 줄 몰라 바둑판을 오목이나 알까기 하는 데 썼다. 그리고 방을 가득 채운, 딱히 뭐라고 표현할 수 없는, 누릿한 냄새. 아마도 벽에 걸린 정체 모를 나물들에서 나는 냄새일 것이다. 동아는 그 냄새가 여전히 마음에 들지 않지만 불평은 하지 않았다. 동아가 말한다.

"나 이제 무인도에 가게 되면 화투하고 바둑판 가져갈래. 배터리 필요 없지, 와이파이 신경 안 써도 되지, 시간 훅훅 가지. 아주 좋아. 하하하."

디지털 시대의 아이가 아날로그 환경에서 지내고 있다. 스마트폰으로 이웃집 무선 인터넷 신호를 몰래 잡아 쓸 수도 있었지만, 그리하지 않았다. 눈뜨면 일단 컴퓨터를 켜고, 켰는데 딱히 할 게 없으니 인터넷 브라우저를 연다. 자신과 상관없고 관심도 없지만 베스트 순위에 뜬 검색어를 클릭하고, 그러다 슬슬 배가 고프다는 것을 깨닫는, 그런 생활을 이곳에서는 하지 않아도 됐다. 전화로 쓸데없이 메시지를 주고받는 일도 줄었다. 세상에는 해야 할 것도 많지만, 하지 않아도 되는 것 또한 많았다. 그리고 문득 깨닫는다. 늘 컴퓨터로 무언가 하느라 바빴지만, 정작 한 것은 별로 없었다는 것을. 자신이 선택해서 마우스를 움직였다고 생각했지만, 실은 무방비로 노출되어 누군가 의도한 곳으로 끌려다닌 거였다. 그거 봤냐? 안 봤어. 그 게임 알아? 몰라. 그렇게 대답해도 되는 거였다. 아냐? 알아. 있냐? 있어. 이런 대화에 왜 그렇게 온 자존심을 걸었을까.

"여기 좋다."

동아가 말했다.

"놀러 온 거니까 좋지. 좀 더 있어 봐, 갑갑해."

소년이 대답했다.

"그럴 때 넌 어떻게 하나?"

"집에 가잖아."

"집에서 갑갑하면?"

"여기 와."

"부러운데……."

오늘, 소년과 동아는 산속에 미로처럼 구불구불한 자신들만의 길을 완성했다. 꼬박 닷새 동안 정성 들여 완성한 것이다. 길을 너무 넓게 내면 다른 사람들이 들어올 테고, 쓸데없이 나뭇가지도 많이 잘라 내야 한다. 두 사람만 알고, 산도 다치면 안 되기 때문에 길 같지 않은 작은 길을 냈다.

"저 밤나무를 출구로 하자. 잘 따라와."

소년은 작은 손도끼로 발에 채는 잡초와 머리에 걸리는 잔가지를 쳐 냈다. 어려서부터 할머니 따라 고사리나 취나

물 따위를 캐러 다녀 산에서도 발 없는 사람처럼 날랬다. 동아는 지금껏 소년의 그런 모습을 본 적이 없다. 함께 축구하다가 몸싸움이라도 날라치면, 자기편보다 상대편인 소년을 더 지켰다. 왠지 남자들끼리 노는데 수가 모자라 여자 하나 끼워 준 것 같은 느낌에. 그런데 이곳에서는 달랐다. 오히려 자신이 소년에게 보호받고 있었다. 소년은 손도끼로 나뭇가지를 정확하게 내려치고, 자갈로 물수제비도 근사하게 떴다. 동아는 뭔가 억울했다. 왜인지는 모른다. 그냥. 그래, 그냥. 동아는 혹시 길을 잃을까 봐 여기저기 종이테이프로 표시하며 따라갔지만, 한 번도 길을 잃은 적은 없다. 미로 끝에 있는 밤나무에도 길게 두 줄 붙였다. 자신과 소년의 키 높이다. 동아보다 소년이 삼 센티미터 정도 더 크다.

"겨울에 오면 내가 더 커 있을 거다!"

그렇게 소년과 동아는 팔다 남은 도넛과 물 한 병을 들고 강촌 구석구석을 누볐다. 어느 것 하나 똑같은 돌이 없고 똑같은 나무가 없는 강과 산에서라면 심심할 겨를이 없었다.

"사람들이 길 막힌다고 짜증 내면서도 왜 그렇게 휴가를 가나 했는데, 이제 알겠어. 놀러 와서 그런지 사람들이 다 웃어……."

서울에서도 그런 도넛은 길거리에서 많이 파는데, 이곳

에 놀러 온 사람들은 어른 아이 할 것 없이 새로운 음식을 먹는 것처럼 좋아했다. 놀러 왔으니까. 그래서 마음이 좋으니까. 순간 동아는 부모님이 생각났다. 종일 세차하고 돌아와 지쳐 자고 있을 부모님이. 어쩐지 코끝이 찡한 동아는 얼른 창문 앞에 섰다.

"야, 별 봐라. 그냥 쏟아진다!"

소년이 뒤로 다가와 동아 허리에 손을 둘렀다.

흠칫 놀란 동아가 휙 돌아보았다.

"너 옛날에, 나 잘 때 뽀뽀했지?"

"……."

"복수다."

"새끼가 여기서도 이상하고 저기서도 이상해. 어지간하면 좀 섞자. 자연스럽게!"

소년은 킥킥 웃으며 혼자 오목을 두었다. 동아는 뻘겋게 달아오른 얼굴로 쏟아지는 별만 올려다보았다. 강촌에서 보는 마지막 밤하늘이다. 이제 집으로 돌아간다. 강촌에 온 지 벌써 일주일이 지났는데, 어제 와서 내일 돌아가는 느낌이다. 계곡과 강과 산에도 사람들이 눈에 띄게 줄었다. 동아는 이제 좀 조용해진 강촌의 구석구석을 떠올리며, 어머니에게 메시지를 보냈다.

엄마, 자? 나 내일 가.

안 자. 우리 아들 보고 싶어서 못 자.

동아는 짧은 웃음을 메시지로 보냈다. 엄마가 보고 싶었다.

"만두 해 줄 테니까, 날 추워지면 또 와라."

할머니가 터미널까지 배웅 나왔다. 버스 옆구리 짐칸에는 산나물과 마늘 따위가 담긴 큰 보따리가 두 개 실려 있다. 버스가 출발해도 할머니는 자리를 뜨지 않았다. 동아는 올 때처럼 창에 이마를 바짝 대고 할머니에게 손을 흔들었다. 또 올게요. 할머니도 손을 흔든다. 조심해서 가라고. 또 오라고.

"진짜 가는구나."

올 때처럼 버스가 연이어 놓인 긴 터널을 통과했다. 동아는 스르륵 잠이 들었다. 터널에서 얼핏 요란한 사이렌 소리를 들은 듯하다. 그리고 곧 입술이 파랗고 손이 고운 선우가 원래의 선우가 되어 함께 게임하는 꿈을 꾼다. 꿈결에도 안도가 됐는지 자면서도 웃는다. 드디어 원래의 세상으로 돌아간다.

집으로 돌아온 소년은 어머니에게 이름을 바꿔 달라고
했다.

"이름?"

"네. 황은우로."

소년은 은결의 '은'과 선우의 '우'를 쓰고 싶다고 했다.

"그리고 사진…… 그냥 꺼내 놓고 보세요. 괜찮아요."

어머니는 고개를 끄떡였다. 소년이 누이에 대해 알고 있
다는 것을 눈치채긴 했지만, 직접 듣기는 처음이다. 소년이
자랄수록 딸을 잊을 수가 없었다. 둘이 판박이처럼 닮은 탓
이다. 그 때문에 소년에게서 어느새 커 버린 딸을 발견하고
소스라치곤 했다. 왜 그래요? 아니, 그냥. 딸에게도 아들에
게도 미안했다.

"많이 컸다, 우리 아들."

"중학생이잖아요."

어머니는 소년의 등을 토닥였다.

방으로 들어온 소년은 동아에게 메시지를 보냈다.

나 이제부터 은우다. 황은우.

너 도대체 누구야!

파란 아이.

소년은 책갈피에 끼워 둔 사진을 꺼냈다. 누나라고 하기
에는 너무 어린 꼬마가 환하게 웃고 있다. 소년의 파란 입술
도 배시시 웃는다.
"니가, 나란 말이지?"

이어폰

"정말 아무 소리도 안 들렸니?"

"네."

"어떻게 그럴 수가 있어?"

어떻게 그럴 수 있었을까. 보통의 경우 그럴 수 없는 일이겠지만, 아니, 도저히 그럴 수 없는 일이라 생각하겠지만, 실제로 중일은 아무 소리도 듣지 못했다.

*

그날은 학원이 휴강이었다. 학교 수업이 끝날 즈음 문자로 받은 긴급 소식이었다. 중일이 오! 탄성을 내뱉었지만 곧 김이 샜다. 친구들 학원은 휴강이 아니었다. 혼자 뭐 하지? 혼자 얻은 빈 시간이 주는 쾌감은 오백 원짜리 동전을 주웠을 때처럼 짧았다. 오백 원은 주울 때는 신나도 막상 쓰려면 딱히 쓸데가 없다. 애들이 학원 시간에 쫓겨 서둘러 학교를 빠져나갔다. 느릿느릿 학교를 빠져나오던 중일은, 왠지 저 혼자만 갈 곳 없는 사람처럼 느껴졌다. 4월 봄바람이 정신 사납게 앞에서 뒤에서 옆에서 마구 불었다. 학교 건너편 주유소 바람 인형이 미친 봄바람 때문에 말렸다가 반으로 꺾였다가, 바람보다 더 미친 속도로 이리저리 팔을 흔들었다. 중일은 바람 인형을 보다가 집으로 가는 버스가 오자 무심코 올라탔다. 온 김에 탔고 탔으니 일찍 가서 게임이나 할 생각이었다. 놀 시간이 생겼는데 놀지도 못하면 바보다.

"벌써 왔어? 학원은?"

"오늘 휴강이래. 학원에 무슨 일 생겼나 봐."

"아빠도 일찍 온다던데, 오늘 웬일이야."

중일 엄마가 냉장고를 살폈다. 다들 늦을 것 같아 달걀 프라이나 해서 대충 비벼 먹으려고 했다. 그런데 중일 아빠가 저녁에 따뜻한 것 좀 먹자고 전화했다. 콩나물국이나 끓일까 하던 차에 중일까지 왔다. 이 집 남자들이 오늘 왜 이러

나. 중일 엄마가 냉동실에서 돼지 등뼈를 꺼냈다. 언제 해 먹어야지 하고 샀다가 기회를 놓쳐 묵혀 둔 뼈였다. 남편은 국물을 좋아하고, 아들은 고기를 좋아하니, 감자탕을 끓이면 딱 좋을 것 같았다. 중일 엄마가 찜통에 등뼈를 넣고 찬물을 받았다.

중일이 컴퓨터를 켰다. 방문 밖에서 엄마가 교복을 벗으라고 해서 재킷을 벗어 침대에 던졌고, 무슨 감자인가를 먹겠냐고 물어 이따가 먹겠다고 했고, 또 뭐라고 했는데 그때부터는 귀에 이어폰을 꽂아서 들리지 않았다. 중일이 가장 좋아하는 순간이었다. 외부와 철저히 차단된 상태. 이어폰을 꽂고 있으면 어떤 장막 속에 들어가 있는 기분이었다. 게임 효과음을 끄고 그 대신 좋아하는 노래를 틀었다. 노래를 들으며 게임을 하면 리듬감이 생겨 키보드가 더 잘 쳐지는 것 같았다. 모니터 바로 아래에 휴대전화까지 떡 세워 두면 수시로 오는 문자도 쉽게 확인할 수 있었다. 남들 공부할 때 놀고, 이따가 남들 놀 때도 놀 수 있는, 보너스 같은 시간이었다. 아니나 다를까, 학원에서 공부 중인 성현에게 카톡이 왔다.

——어디냐? PC방이냐?

—형님 집에서 진중하게 게임 중이니까 방해하지 마라.

　　—역시 중일이라 시간이 널널하군.

　　—죽을래?

　　—고일 형님은 수업하러 간다. ㅋㅋ

　　중일은 이름 때문에 태어나 죽을 때까지 중일로 살아야 하는 애환이 있었다. 심지어 성이 남씨라 붙여 부르면 가관이었다. 남중 일 학년, 남중일. 이름 탓일까. 중일은 실제로 남중을 나와 남고를 다니고 있다. 여하튼, 미친 봄바람이 창문 틈새를 뚫고 기어이 들어왔다 나갔다 했다. 그 바람에 한동안은 커튼이 슈퍼맨 망토처럼 촤악 펼쳐졌다가, 한동안은 스파이더맨처럼 창문에 찰싹 붙어 부르르 떨었다. 중일이 창문을 밀어 최대한 꽉 닫고 커튼을 둥실하게 묶었다. 바람의 기세가 만만치 않아 커튼 뭉치까지 왔다 갔다 했다. 중일은 다시 노래와 게임에 몰두했다. 마침 좋아하는 가수가 신곡을 발표해 계속 들어도 좋았고 게임도 술술 풀렸다. 좋아, 좋아, 좋아! 그때 누가 머리를 퍽 내려쳤다. 중일 아빠였다. 난데없이 나타난 아빠가 키보드를 집어 들고 중일을 마구 내려쳤다.

　　"미친 새끼야, 이 미친 새끼야!"

　　중일 아빠가 키보드를 던지고 밖으로 달려 나갔다. 귀에서 빠진 이어폰이 책상에 대롱대롱 매달려 음악을 흘렸다. 씨발…… 뭐야 도대체. 중일은 갑작스러운 충격에 내장이 꼬였는지 움직일 때마다 복부가 아팠다.

"여보…… 여보……."

중일 아빠가 울기 시작했다. 갑자기 나타나 미친 사람처럼 중일을 패고 나가더니 아내를 부르며 우는 것이다. 중일이 겨우 일어나 문틀에 기대어 섰다. 식탁 옆으로 산산조각 난 접시가 흩어져 있었다. 그리고 엄마……. 작은 아파트였고, 주방과 중일의 방은 몇 걸음도 채 떨어지지 않은 거리였다. 중일은 엄마, 하고 달려가고 싶었지만 몸이 움직이지 않았다. 덜덜 떨리는 다리가 좀체 힘을 내지 못했다. 중일 엄마 머리를 가운데 두고 둥글게 핏물이 고였다. 중일이 어렸을 때 죽은 척으로 깜짝 놀라게 했던 그런 장난이 아니었다. 그때는 달려가 엄마를 안고 울었는데. 그러면 엄마가 속았지! 하고 웃으며 일어났는데. 중일은 그대로 주저앉아 버렸다.

중일 아빠의 신고로 119 구급대원들이 찾아왔다. 구급대원의 연락을 받은 경찰도 곧 도착했다. 중일 아빠는 자신도 알 수 없는 상황을 어떻게든 설명하려고 노력했다. 그때 한

구급대원이 중일에게 다가왔다.

"너 얼굴이 왜 그래?"

"예?"

"맞았니?"

"예?"

중일은 그가 뭐라고 하는지 알 수가 없었다. 엄마가……
아까 무슨 감자를 먹으라고 했는데…… 어, 그러니
까……. 구급대원이 중일을 침대에 앉혔다. 머리에서 나온
피가 얼굴로 흘렀다. 중일은 그것이 뭔지도 모르고 계속 손
으로 닦아 내기만 했다. 구급대원이 상처를 살피고 지혈했
다. 그리고 하얀 붕대를 꺼내는 순간, 중일이 괴성을 지르며
방을 뛰쳐나갔다. 엄마 몸 위로 흰 천이 덮였다.

*

"엄마하고 사이는 괜찮았니?"

"누구하고요?"

"너하고."

중일은 툭 허탈한 웃음이 터졌다. 엄마하고는 어떻게 지
내야 괜찮은 겁니까. 엄마가 마트에 가자고 하면 짜증 내면

서 따라가고, 쓰레기를 들고 내려가라고 하면 화내면서 가지고 갔는데, 이런 사이는 무슨 사이입니까. 중일은 그동안 엄마와 어떤 사이인지 고민하면서 살지 않았다. 이 한마디면 다 됐다. 우리 엄마.

*

중일이 초등학교 다닐 때, 중일 엄마가 심한 교통사고를 내고 입원을 했었다. 운전면허를 막 딴 초보가 겁도 없이 혼자 차를 몰다가 벌어진 사고였다. 중일 엄마가 입원한 날부터 친할머니가 중일과 중일 아빠를 챙겼다.

"차가 그 지경이 됐는데도 살았으면 하늘이 도운 거다."

"내가 차를 뒤 동에 몰래 놓고 갔는데 어떻게 알았나 몰라."

"차가 덩치가 있는데 숨겨지냐? 액땜했다 생각해."

옆에 같이 앉아 있던 중일이 손톱을 물어뜯었다.

"인석아, 왜 손톱을 그래. 엄마 금방 낫는다니까, 괜찮아."

중일이 손을 내리더니 곧 다리를 달달 떨었다. 차가 있는 곳을 알려 준 사람이 자신이었다.

그날, 중일은 학교를 마치고 오다가 주차장에 있는 아빠

차를 발견하고 엄마에게 물었다.

"아빠 왔어?"

"아니, 왜?"

"주차장에 아빠 차가 있어서."

"그래?"

중일 엄마는 중일을 학원에 보내고 자동차 비상 키를 챙겼다. 이십여 분 거리에 대형 마트가 있었다. 마트에 잘 도착했고, 주차도 완벽했고, 장도 깔끔하게 봤다. 그러나 돌아오던 길에 내리막 모퉁이에서 속도 조절을 못 해 차가 옆으로 밀렸고, 옆 차선을 달리던 차에 운전석 쪽을 그대로 받혔다. 중일 엄마는 운전 거리와 사고는 상관없다는 중일 아빠의 말을 무시했었다. 가까운 곳인데 별일 있겠나, 안일하게 생각했었다. 사고는 미터당 몇 건으로 발생하는 게 아니었다. 그 순간 거기에서 일어나는 거였다. 자기 집 주차장에서도 일어날 수 있는 거였다. 중일은 아빠가 너지? 하고 물을까 봐 눈도 마주칠 수 없었다. 모든 것이 겁나고 두려웠다. 중일은 자리를 피해 방으로 갔다. 그래도 밖에서 하는 말이 다 들렸다. 큰 사고 한번 나면 장수한다더라. 차가 저렇게 돼서 그냥 타기는 좀 그런데, 엄마 혹시 돈 좀 있어? 야 이놈아, 지금 그게 문제여? 좁은 집, 듣고 싶지 않은 소리까지 다

들렸다. 중일은 이어폰을 꽂았다. 그리고 컴퓨터로 나루토 동영상을 검색했다. 음악으로 귀를 막고 영상으로 눈을 가렸다. 즐겨 보던 동영상이 이날은 도통 재미가 없었다. 그러나 재미는 중요하지 않았다. 뭐라도 하지 않으면 누가 자신을 부를 것만 같았다. 그때, 누군가 중일의 어깨를 툭 쳤다. 중일은 너무 놀라 심장이 오그라드는 것 같았다. 아빠였다.

"할머니 나가신다고 몇 번을 불러?"

중일이 이어폰을 빼고 의자에서 일어났다.

"냅둬. 임금님 행차하시냐? 중일아, 할미 성당 갔다 올게."

"다녀오세요."

중일 엄마의 몸 상태만큼 자동차 위치 발설자인 중일의 마음도 매우 나빴다. 모든 게 자신의 탓만 같았다. 그 사고 뒤로 중일 엄마는 허리를 전처럼 쓸 수 없었다. 시간이 흘러도 허리가 늘 문제여서 끙끙 앓는 소리를 달고 살았다.

결국 중일 엄마는 중일이 중학생 때 허리 수술을 받았다. 중일이 병원에 가 보니 수술을 마친 엄마가 허리를 단단히 고정하고 겨우 앉아 있었다. 그새 할머니보다 더 늙어 보였다. 중일은 엄마…… 하고 불렀다가 더 말하면 눈물이 날 것 같아 이를 악물었다. 그러나 중일 엄마가 아들…… 하고 불렀을 때는 방법이 없었다. 팔로 두 눈을 가리고 울어 버렸다. 그때 아빠 차가 주차장에 있다는 사실을 알려 주면 안 됐는데.

"아들, 엄마 괜찮아."

환자가 병문안 온 사람을 위로한 상황이었다. 역시나 할머니가 집으로 왔다. 다니는 성당이 중일네와는 꽤 먼 거리였지만, 내 일이다 싶은지 싫은 내색 없이 잘 지냈다. 미사가 있는 날에는 외출한 김에 중일 엄마도 보고 왔다. 어느날은 무척 밝은 표정으로 돌아왔다.

"오늘은 할미가 의사 선생님도 보고 왔다."

"왜요?"

"니 동생 봐야지."

"동생요?"

"괜찮을 거래. 안 낳을 땐 안 낳더라도, 영 못 보는 것보다는 낫잖아."

중일은 동생을 심각하게 생각해 본 적이 없었다. 예쁜 친구 동생을 보면 있어도 나쁠 건 없겠다 정도. 그러나 아무 때나 대드는 성현의 동생 새끼를 보면 없는 게 나았다. 할머니는 중일 혼자면 나중에 외로워서 안 된다며, 벌써 동생 이름까지 염두에 두고 있었다.

"우리 둘째는 중이라고 할 거야. 남중이."

중일이 흠칫했다. 형이 중일인데 동생이 중이라고? 이런 개족보…….

"초일 어때요? 근사하잖아요. 초인류, 초능력, 뭐, 그런 것처럼……."

미안하지만 동생은 초딩으로 살아 줘야 했다.

"어째 기생오라비 이름 같다. 동생이 형보다 큰 이름을 쓰면 안 되니까 개는 무조건 중이여. 첫째 둘째를 할미가 이름으로 단단히 박아 둘 참이다."

중일은 못내 아쉬웠다. 자식 많은 집 막내 이름이 큰형이면, 그 집에서 제일 큰형이 되나? 왜 이름으로 형 동생을 따질까. 성현의 동생 이름은 석현인데, 형보다 머리가 좋으면 안 되니까 돌대가리가 되라고 저렇게 지었나? 성현의 부모님 덕인지 석현은 진짜 막무가내 돌대가리였다. 대드는 것은 기본이고, 컴퓨터에서 비키라고 하면 형한테 욕도 했다. 저런 것도 동생이라고. 내 동생이면 죽여 놓는다. 그런데 없는 동생 이름이 중이로 미리 결정됐다. 평생 중2병 걸린 동생 새끼를 봐야 하는 것은 아닐까. 다만, 언젠가 중일 엄마가 한 말이 있어 그나마 안심이었다.

"사정이 있어서 늦게 낳는 거 아니면 신중해야 해. 같이 다닐 때마다 저 할머니 누구니? 물으면 애 기분이 어떻겠어? 보톡스 맞는다고 안 젊어져. 그냥 보톡스 맞은 할머니야."

중일과 중일 엄마는 의도치 않게 통하는 데가 있었다. 그날 중일 엄마가 차를 끌고 나갈 때도 중일은 별생각이 없었다. 엄마도 운전면허가 있었다. 오히려 아빠가 엄마를 무시하는 것 같았다. 다른 애들 엄마도 다 운전하던데 뭘. 가볍게 생각했었다. 엄마, 마운틴듀 꼭 사 와!

*

"엄마가 힘든 수술을 하셨었구나. 집안일도 힘들었을 텐데 도와주는 사람이 있었니?"

"그냥 아빠하고 제가……."

외할머니는 중일 이모네 딸을 봐주느라 자주 올 수 없었고, 친할머니는 엄마가 퇴원하자 중일 아빠나 중일 고모를 통해 김치만 보냈다. 멀쩡한 며느리도 시어머니와 지내면 아픈 법인데, 아픈 며느리 옆에 멀쩡한 시어머니가 있으면 더 아프다,는 것이 할머니 말이었다. 그렇다고 사람을 쓸 형

편도 못 됐으니 그냥 그렇게 지내야 할밖에.

*

중일 엄마는 퇴원하고도 한동안 재활 치료와 물리 치료를 받았다. 그래도 통원 치료가 더 나았다. 병원은 생각만 해도 징글징글했다. 살려 주세요. 수술만 하면 괜찮겠지. 그런 마음으로 수술실로 들어갔다. 그러나 수술 후 통증도 만만찮았다. 병실의 다른 환자들을 보는 것도 힘들었다. 진통제를 맞고 자는 모습에서도 고통이 느껴졌다. 댁은 올해 몇이슈? 젊은 엄마가 어쩌다가. 환자 곁 보호자들의 무거운 근심도 환자를 보는 것만큼 힘들었다. 박이순 환자분, 좀 어떠세요? 네, 처음에는 다 그래요. 네, 괜찮습니다. 황정희 환자분, 소변 좀 보셨어요? 그나마 가장 목소리가 건강한 간호사에게조차 피곤이 느껴졌다. 간절하게 집으로 돌아가고 싶었다. 한밤중에 애처럼 우는 자기 모습이 괜히 서러워, 역시 애처럼 엄마를 부르며 울었다. 그렇게 돌아온 집이어서 얼마간은 꼼짝 않고 쉬었다. 그러나 계속 쉬기에는 자꾸 눈에 밟히는 것들이 있었다.

"저게 왜 저기 있어?"

"뭐가, 저거? 엄마가 썼겠지."

"저건 안 쓰려고 넣어 둔 건데 왜 꺼냈어?"

"내가 안 꺼냈어. 엄마가 꺼냈겠지."

그렇게 아이고…… 하고 일어난 것이 시작이었다.

"여보, 잘 안 쓰는 건 위로 좀 올리자."

중일 아빠가 의자를 밟고 싱크대 찬장 맨 위 칸에서 물건들을 꺼냈다. 그러면 옆에 있던 중일이 건네받아 바닥에 내려놓았다. 두 사람은 중일 엄마의 지시에 따라 물건들을 꺼내고 넣기를 반복했다. 아니다, 그건 여기. 이건 저 안쪽. 한 번에 결정해. 알았어. 아니, 그거 다시 꺼내 봐. 맨 위 칸은 손이 잘 닿지 않아 거의 주방용 창고로 썼는데 이 기회에 다시 정리했다. 중일 엄마는 깊이가 좀 있는 커다란 접시를 한참 동안 보았다. 잘 쓰지는 않지만 그래도 언젠가 한 번은 쓸 것 같아 고민됐다. 그러나 역시 무게가 문제였다. 허리가 좋지 않으니 무조건 가벼운 것이 좋았다. 결국 맨 위 칸에 넣어 두기로 결정했다.

"그만 버리지? 언제까지 쓰려고 쟁여 놔?"

"나중에 또 쓸 거니까 잘 밀어 넣어."

"이거 우리 결혼하고 집들이할 때 산 거 맞지?"

맥주하고 잡채 있으면 되지 뭘. 친구들이 부추긴 바람에 중일 아빠도 어쩔 수가 없었다. 그러나 중일 엄마의 고민은 다른 데 있었다. 음식은 사서라도 차린다지만 식기는 어떡하나. 아이를 조금 늦게 갖기로 했기에 신접살림으로 식기를 많이 준비하지 않았다. 급하게 동대문 시장, 평화 시장을 발품 팔며 돌아다녔다. 그러다가 한 그릇 가게 아주머니의 조언으로 커다란 접시 다섯 개를 세트로 샀다. 작은 접시로 이것저것 자꾸 나르는 것보다 큰 접시로 뷔페처럼 차리는 것이 더 효율적이라고 했다. 가짓수 중요하지 않아. 중요한 것만 많이 해서 풍성하게 쌓아. 신혼 때는 그래도 예뻐 보여. 잡채고 전이고 찜이고 무조건 쌓으라고 했다. 정 쌓을 게 없으면 달걀 프라이라도. 언제 그렇게 달걀 프라이를 잔뜩 먹어 볼 것인가. 깜짝 놀라서 먹다가 술 취해 돌아가면 무언가 엄청 대접받고 온 기분이 들 것이라고 했다.

"각자 덜어 먹을 앞 접시는 그냥 일회용 써. 접시 유행이 얼마나 빠른데 그 많은 걸 다 사? 접시라는 게 버리기도 참 애매한 물건이거든."

"그럼 맥주잔도 일회용으로 할까요?"

"안 돼. 맨땅콩에 먹어도 술은 유리컵에 먹어야 맛있어."

그래서 저렴한 맥주잔도 샀다. 가볍고 튼튼한 본차이나가 유행한 때였다. 하지만 너무 비싸서 흙으로 빚은 대형 접시를 샀다. 무게가 상당했다. 아주머니가 다섯 개를 한꺼번에 꽁꽁 싸매서 나누어 들 수도 없었다. 게다가 본 김에 산 냄비와 양념통까지 짐이 한 가득이었다. 그래도 젊은 혈기에 둘은 버스와 지하철을 갈아타며 씩씩하게 다녔다.

그때 산 접시였다. 두 개는 깨졌고 세 개가 남았다. 이제는 애물단지 같아도 큰일 있을 때마다 요긴하게 쓰였다. 그릇 가게 아주머니의 조언은 집들이에만 적용되는 것이 아니었다. 특히 달걀 프라이 한 접시는 돈도 많이 들지 않으면서 좋은 효과를 냈다. 손님들은 처음에는 깜짝 놀라서 보다가, 이상하게 자꾸 손이 가네, 하며 다른 음식보다 더 빨리 먹어 치웠다. 어른도 아이도 마찬가지였다. 콜레스테롤을 걱정하는 사람도 있었다. 하지만 달걀 많이 먹고 병났다는 사람 본 적 없다고 하는 이도 꼭 있었다. 손에 익은 만큼 추억이 많은 접시였다. 중일 아빠가 접시를 맨 위 칸에 넣고 자리를 잡았다.

"당신 죽으면 묘에 같이 넣어 줄게. 방패처럼 이렇게 앞뒤로."

"쓸데없는 소리 한다."

"이제 다 끝났지? 와, 이게 다 뭐냐."

중일 아빠가 정리된 물건들을 싸악 훑었다. 주로 자동으로 썰거나 갈거나 짜거나 하는 것들이었다. 어떤 것은 장난감 같고, 어떤 것은 업소용 같고, 어떤 것은 정체를 알 수 없었다.

"이 장난감 같은 건 뭐야?"

"파채 기계."

"이게 무슨 기계라고. 그냥 칼로 썰어."

"파채 썰기가 쉬운 줄 알아? 해 줄 땐 잘만 먹으면서."

새로 바뀐 곳이 비단 주방만은 아니었다. 베란다 천장에 달린 빨래 건조대를 끝까지 올리고, 허리 높이의 접이식 빨래 건조대를 놓았다. 생수가 떨어지면 누구든 마트에서 한 묶음씩 사 왔는데, 중일 엄마 극성이면 저 허리로도 사 올 사람이기에 중일 아빠가 정수기를 놓았다. 정수기 크기만큼 옆으로 밀린 김치냉장고 때문에 거실이 좁아졌다. 결국 1인용 소파를 안방으로 옮겨야 했다. 거실에는 길쭉한 3인용 소파만 남았다. 물건 위치가 자꾸 밀리고 바뀌니 어쩐지 익숙한 듯 낯선 집이 되었다. 중일 엄마는 새로 이사 온 것 같아 나쁘지만은 않았다. 중일의 방도 스캔하듯 쓰윽 살폈다.

"내 방은 건들지 마."

"그냥 보는 거야. 벽장은 다 찼니?"

"엄마가 이상한 옛날 이불 잔뜩 쌓아 뒀잖아."

"그게 얼마나 좋은 이불인데. 요즘은 그런 이불 못 사."

결혼할 때 친정 엄마가 해 준 목화솜 이불이었다. 그렇다면 몇 년 된 이불인가. 중일이 고개를 절레절레 흔들었다. 그래도 엄마가 복대를 차고서라도 집 안을 돌아다니는 것이 좋았다. 눈동자도 잘 보이지 않을 만큼 퉁퉁 부은 얼굴과 단단히 고정된 허리를 생각하면, 지금 엄마가 고맙기까지 했다.

시간이 흘러 중일 엄마가 복대를 풀고 집안일을 혼자 해내기 시작했다. 두 남자 역시 자기중심의 보통 생활로 돌아갔다. 중일 아빠는 아내가 특별히 당부한 날에도 여지없이 술을 마시고 늦게 왔고, 중일은 엄마가 목 놓아 불러도 대답 없이 게임에 열중했다. 어느 날, 참고 참았던 중일 엄마가 결국 폭발했다. 이불 빨래가 화근이었다. 침대보를 벗기려고 매트리스를 들다가 허리에 무리가 갔다. 아이고, 중일아……. 대답이 없었다. 한동안 그대로 매트리스에 엎드려 있어야 했다. 그러다가 기운을 내 허리 보호용 복대를 꺼냈다. 복대를 자주 하면 허리 근육이 약해지니 영 힘들 때만 착용하라는 의사의 권고가 있었다. 중일 엄마는 이럴 때, 일

시적으로 갑자기 무리가 갔을 때마다 복대를 찼다. 그러면 잠깐이나마 괜찮은 것 같았다. 어쨌든 벗겨 뒀으니 침대보는 빨아야겠고, 빠는 김에 차렵이불도 같이 세탁기에 돌렸다. 멀쩡한 몸일 때는 차렵이불 따위 아무것도 아니었는데, 허리 병을 앓고부터는 세탁기에서 꺼내는 것조차 힘들었다. 겨우 빨래를 넣어놓으니 벌써 저녁때였다. 아무래도 저녁은 힘들 것 같아 짜장면을 시켰다. 엄마 약 먹고 좀 잘게. 이따가 택배 온다니까 받아 둬. 그러고는 두어 시간 잤나 보다. 택배 기사로부터 문자가 와 있었다. 집에 안 계셔서 경비실에 맡기고 갑니다. 시계를 보니 9시였다. 애가 어딜 갔나? 방문을 열어 보니 중일이 게임하며, 친구와 전화하며 신나게 놀고 있었다.

"중일아."

"어? 엄마 일어났어?"

"택배 아저씨 왔다 갔다는데, 어디 갔었니?"

"아니. 나 음악 들을 때 왔나 보다."

"경비실 좀 갔다 와. 맡겨 두고 갔대."

"이따가 아빠 올 때 가지고 오라고 해."

"언제 올 줄 알아."

"경비 아저씨 늦게도 있잖아. 나 친구랑 통화 중이야."

"갔다 오라고."

"나 통화 중이라고!"

"끊고 갔다 와."

"아, 뭐 시켰는데?"

"미역."

"내가 미역 먹는 것 봤어?"

"엄마가 먹으려고 시켰다."

"짜증 나게 진짜! 야, 잠깐 끊어. 나 경비실 갔다 와야 해. 죽는다!"

중일이 짜증 꽉 찬 얼굴로 밖으로 나갔다. 그러고는 잠시 뒤 미역 상자를 들고 와 식탁에 던지듯이 탁! 놓고 방으로 들어가 버렸다. 어쩌면 그러니. 해도 해도 너무한다. 엄마는 비가 오나 눈이 오나 네가 먹을 음식을 위해 장을 보고 상을 차리는데, 너는 엄마가 먹고 싶은 게 집까지 배달되어 와도 제대로 못 받고, 겨우 경비실 좀 다녀온 것으로 그렇게 당당하게 화를 내니? 너한테 엄마는 어떤 존재니? 중일 엄마는 닫힌 방문 앞에 한동안 서 있었다. 야단칠 기운도 없었다. 미역을 먹고 싶은 마음도 싹 사라졌다. 저 미역을 먹으면 얹힐 것만 같았다.

중일 아빠는 밤늦게 술 취해 돌아왔다. 다들 너무하네. 중일 엄마는 중일 아빠에게 화를 내다 끝내 엉엉 울고 말았다. 아들은 이어폰 꽂았다는 것으로 모든 것을 정당화시키고, 남편은 술을 마셨다는 이유로 모든 책임에서 벗어나려고 했다. 아프지 말았어야 했다. 이 집에서는 아픈 것이 죄였다. 차라리 사형을 내려 줘.

"이 자식은 뭐 한 거야? 야, 중일아, 남중일!"

자리가 불편했던 중일 아빠가 중일을 불렀다. 중일아! 중일아! 대답이 없었다. 중일 아빠가 중일 방으로 들이닥쳤다. 중일은 아무것도 모른 채 게임에 열중하고 있었다. 바로 뒤에 중일 아빠가 떡 서 있어도 전혀 몰랐다. 다리를 4자로 꼬고 앉아 발을 까닥까닥하는데 뭐랄까, 이 집 구성원과 자신은 전혀 상관없다는, 가족으로서 어떤 유대감도 느끼지 않는다는, 그런 태도로 보였다. 하숙생처럼 한 지붕 아래서 밥 먹고 잠은 자도 가족은 아닌. 괜히 그러는 거니, 실제로 그렇게 생각하는 거니. 중일 아빠도 같이 무시하고 나가 버리고 싶었다. 아빠가 집에 왔고, 안방에서는 옆집까지 들릴 만큼 엄마가 큰 소리로 우는데, 너하고는 상관없는 일이니? 네 아빠라는 사람이 뒤에 있잖니. 중일에게 자신은 공기처럼 형태가 없는 존재 같았다. 중일 아빠가 중일 귀에서 이어폰을 확 뽑아 버렸다. 어! 놀란 중일이 돌아보았다.

"아빠가 불렀잖아."

"왜?"

"왜?"

"안 들렸어……."

"너 태도가 왜 이래?"

"이어폰 꽂고 있어서 안 들렸다고!"

중일 엄마 말처럼 누가 왔는지, 누가 나갔는지, 누가 비명을 지르며 아픔을 호소하는지 상관없이, 이어폰을 꽂았으므로 나는 정당하다는 태도였다. 미처 듣지 못한 것에 대한 미안함은 안중에도 없는 것 같았다. 못 들었어. 미안. 왜? 그랬다면 그토록 화가 나지는 않았을 것이다. 대뜸 왜? 하는 것이, 뭔데? 당신 뭐야? 하는 것 같았다. 즉각적인 반응이 짜증이었다. 중일 아빠가 이어폰을 우두둑 끊어 내동댕이쳤다. 거지 같은 집안 꼴……. 집에 아픈 사람이 있다는 것은 모두에게 힘든 일이었다. 아픈 사람을 중심으로 나머지 식구들이 생활 패턴을 바꾸는 것도 거의 불가능했다. 식탁에 다발로 놓인 약봉지와 찜질기, 보호 기구, 근력 운동 기구들. 퇴근하고 오면 아이고, 당신 왔어? 하며 신음 소리부터 내는 아내. 언제까지 봐야 하나. 오래전 교통사고 때부터였다. 병원에서 뭐래? 똑같지 뭐. 어떤 남편은 병에 걸린 아내를 위해서······. 여보, 제발 그런 뉴스 좀 그만 봐. 나는 그런 남편이 못 돼. 미안해. 그 대신 내가 많이 아프면 그냥······. 그냥 뭐? 아냐. 중일 아빠는 야근이 없으면 친구를 불러내 술을 마셨다. 맨정신으로 집에 들어가는 것이 힘들었다. 이날도 친구와 술을 마셨는데 그 자리도 유쾌하지 않았다. 안다. 피곤한 세상에서 피곤한 친구 얘기를 피곤할 만큼 계속 듣는 것이 얼마나 고역인지. 위로도 지친다.

"제수씨 몸도 안 좋은데, 너 이러면 안 되잖아."

힘든 당사자에게 고스란히 책임을 둔 도덕적인 충고였다. 차라리 죽으면 새장가나 가지. 마누라가 아프면 이혼도 못 해요. 몰매 맞아 죽어, 하하하. 중일 아빠가 아직 미혼일때, 유부남 친구 놈들이 술자리에서 한 농담이었다. 농담인거 아니까, 맞다 맞아! 진심인 양 농담인 양 유쾌하게 받아줄 수 있었다. 그러나 이제 친구 놈은 걱정인지 타박인지 모를 소리만 해 댔다.

"보험 없나?"

중일 아빠가 허탈하게 웃었다. 내가 보험 얘기했을 때, 다달이 내는 보험료 모으면 아플 때 병원비로 쓰고도 남는다고, 니가 그랬잖아. 그때까지는 크게 아파 보질 않아 무척 합리적인 얘기로 들렸다. 그러나 보험료를 내지 않는다고 그 돈이 고스란히 모이는 게 아니었다. 아픈 아내한테 돈 걱정시키는 남편은 되기 싫었다. 공부할 머리가 아닌 것 같은 아들놈에게도 차마 학원을 그만두라고 하지 못했다. 친구들이 위로금이라고 십시일반 모아 준 돈은 말마따나 위로금이었다. 친구는 이제라도 실손 보험에 가입하는 게 어떠냐고 권했다. 중일 아빠가 빈 잔에 술을 채웠다. 총각 때 어머니가 들어 놓은 종신 보험마저 이미 크게 손해 보고 해약한 상태였다. 당장이 급해 미래의 보장을 포기해야 했다. 보험이라는 게 참 우스웠다. 나중에 조금 편히 살고자 없는 돈을 쪼개서 넣었는데, 당장의 일로 해약하니 더 쪼개져서 돌아왔다. 만기, 그것은 이미 여유 있는 사람들이나 가능해 보였다. 보험에 기대지 않아도 병원비를 충당할 수 있고, 보험금을 타지 않아도 여유 있는 생활을 할 수 있는 사람들이, 여윳돈으로 미리 들어 놓는 것 같았다. 여유 있는 사람이 여유 있는 미래를 보장받는 것이다. 여유 없는 중일 아빠에게는 불안이 미처 미래로 가기도 전에 온갖 형태로 나타났다. 그러게 왜 차는 끌고 나가서. 벌써 한참 된 사고를 원망했다. 그런 자신의 옹졸함에도 화가 났다. 그렇게 쌓인 화가 중일에게 터졌다. 나도 힘들어 죽겠다고! 차마 그 말을 하지 못해, 엄마 도와주라고 했지! 하며 중일의 등을 내려쳤다. 그러고는 담배를 들고 밖으로 나가 버렸다.

중일이 침대에 앉아 아빠가 억지로 끊어 버린 이어폰을 보았다. 오후에 엄마가 허리를 또 삐끗했다고 해서, 저녁은 짜장면을 시켜 먹었다. 치킨이 더 좋았지만 엄마가 짜장면을 좋아해서 그냥 그렇게 했다. 먹으면서도 표정이 안 좋던 엄마가 결국 한 그릇을 다 비우지 못하고 젓가락을 내려놓았다. 엄마 들어가서 좀 잘게. 엄마 자는 데 방해될까 봐 거실에서 TV도 보지 않았다. 얼마 뒤, 자는 줄 알았던 엄마가 방으로 와 택배를 찾아오라고 했다. 경비실에서 택배를 찾아왔고, 그 뒤로는 음악을 들으며 게임을 했다. 잠깐 화장실 갔을 때가 12시. 그때도 아빠는 오지 않았었다. 그랬던 아빠가 느닷없이 나타나 중일을 때리고 이어폰을 끊어 놓고 나갔다. 순식간에 벌어진 일이었다.

"아빠가 오늘 왜 저러니. 술이 문제다."

"나…… 잘 거야."

"그래, 얼른 자."

중일이 아끼고 아끼던 닥터드레 이어폰이었다. 중일 엄마가 허리 수술을 하고 와서, 그동안 고생했을 중일에게 미안해서 사 준 것이다. 학원 끝나면 꼬박꼬박 병원에 찾아온 아들이, 집에 오는 날에는 자신이 좋아하는 꽃까지 식탁에 놓아둔 아들이 기특했다.

"아들, 가지고 싶은 거 있으면 말해 봐. 자주 오는 기회 아냐."

"있긴 한데. 진짜 사 주게? 이어폰인데……."

겨우 이어폰이었다. 중일 엄마는 더 비싼 것도 사 줄 용의가 있었다. 그러나 부쩍 철이 든 중일이 집안 사정을 고려한 것 같았다. 내 아들 다 컸네. 네 의중을 존중하마.

"너무 싼 거 말고 좋은 걸로 사."

"그거 되게 비싼 거야. 말하면 엄마 놀랄 건데."

"뭐든 사세요. 엄마가 사랬잖아."

중일 엄마가 카드를 내주었다. 전에 마트에서 사 준 마블 시리즈 이어폰 정도를 떠올린 것이다. 그때 중일이 다른 캐릭터도 함께 골랐지만 일언지하에 잘랐다. 하나도 얼만데, 안 돼! 그게 이만 원대였다. 그러나 이번에는 사정이 달랐다. 한턱내겠다는 사람이 가격을 물으면 모양이 빠졌다. 같이 가 주지 못하는 것이 미안했을 뿐이다. 얼마 뒤 휴대전화로 온 카드 사용 내역 문자를 보고 중일 엄마가 기함했다. 이어폰 사러 가서 오디오를 샀나. 그러나 중일이 가지고 온 것은 이어폰이 맞았다.

"닥터드레? 이걸로 들으면 뭐가 다르니?"

"엄청 깨끗하게 들려. 근데 중요한 건 간지지."

간지. 중일 엄마가 몇 시간 전 느꼈던 기특함은 싹 사라지고 실망만 남았다. 이십만 원이 넘는 이어폰이라니. 상상도 할 수 없는 가격이었다. 어린놈의 패기인가 허세인가. 너무 놀라 잠시 허리가 아픈 것도 잊게 한, 진통제 같은 이어폰이었다. 그러나 실망은 중일 엄마의 몫이었다. 중일은 뜻밖의 행운에 자다가도 웃었다. 설마, 하는 마음이었다. 그런데 엄마가 카드를 척 내주며 사! 했다. 엄마도 간지가 뭔지 아는 사람이었던 것이다. 친구들은 또 얼마나 부러워했나. 노는 선배한테 빼앗길까 봐 한바탕 자랑이 끝난 뒤에는 집에서만 사용했다. 그렇게 아꼈던 닥터드레 이어폰이 처절하게 끊어졌다. 중일은 침대에 누워 이불을 뒤집어썼다. 아무리 생각해도 억울했고, 아무리 생각해도 아까웠다. 수시로 갈아 치워도 티가 나지 않는 몇천 원짜리가 아니었다. 잘사는 집 애들이야 더 좋은 것도 몇 개씩 가지고 있겠지만, 중일의 경우 한 개도 겨우 가진 이어폰이었다.

*

"이어폰은 주로 밖에서 쓰지 않니?"

"집에서 스피커 켜면 시끄럽다고 자꾸 소리 줄이라고 해서요."

"되게 크게 듣나 보다."

"버릇이 됐어요."

"청력 검사는 해 봤니?"

"아뇨."

*

그날 밤, 중일 아빠도 마음이 좋지 않았다. 만만한 게 자식이라고 생각 없이 화를 쏟아부었다. 술 때문은 아니었다. 술기운을 좀 빌렸다. 가만히 있으면 화병이 날 것 같았다. 아니, 이미 났는지도 몰랐다. 밖으로 나간 중일 아빠가 비상 계단에 쪼그리고 앉아 담배를 물었다. 흩어져 사라지는 연기보다도 빨리 후회할 짓을 왜 했을까. 중일을 그렇게 때려 본 적이 없었다. 자기 중학교 때를 떠올리면 이미 어른이었던 것 같은데, 중일은 여전히 아기 같았다. 아기 때와 변함없이 제 엄마와 뽀뽀를 해도 하나 어색하지 않았다. 군대나 다녀오면 아기 태를 벗으려나. 그래서 잘못을 해도, 아이고 새끼야, 하고 때리는 시늉만 했었다. 따지고 보면 저도 힘들었을 텐데. 하아…… 중일 아빠가 깊은 한숨을 쉬고 담배를 입에 물었다. 그때 손전등 빛이 얼굴에 쏟아졌다. 야간 순찰 중인 경비원이었다. 중일 아빠가 얼른 일어나, 수고하십니다,라고 했다. 경비원이 예, 하고 아래층으로 내려갔다. 한밤중에 계단에 쭈그리고 앉아 담배를 피우는 남자다. 등 뒤에 '금연 구역'이라는 안내문이 있었지만, 경비원은 말없이 자리를 피해 주었다. 중일 아빠가 손가락으로 담배를 탁탁 쳐서 불을 껐다.

다음 날 아침, 중일은 눈뜨자마자 학교로 가 버렸다. 콩나물국으로 아침을 차린 중일 엄마만 도끼눈을 뜨고 중일 아빠를 기다리고 있었다. 어제 다친 허리 때문인지 맞은 중일 때문인지, 밤새 끙끙 앓던 사람이 눈빛만은 날을 새로 간 도끼처럼 날카로웠다. 중일 아빠는, 당신 몸 좀 괜찮아? 멋쩍게 물으며 식탁 의자에 앉았다. 중일 엄마가 아무 대답이 없자 이번에는, 중일이는 학교에 갔어? 하고 물으며 숟가락을 들었다.

"어떻게 할 거야, 그 이어폰. 걔 지금 그거 때문에 제정신 아냐."

"미친놈, 내가 더 좋은 걸로 한 열 개 사 준다고 해."

중일 아빠가 밥을 국에 말며 말했다.

"더 좋은 걸로? 열 개씩이나? 당신 뭉칫돈 숨겨 놨어?"

"나 남대성이야! 어디 이어폰 따위로 뭉칫돈 얘기를 해!"

"그거 당신 면도기보다 더 비싸."

"뭐?"

"삼 개월 할부로 산 믹서기보다 더 비싼 거라고."

"농담이지?"

"농담?"

"미쳤구나, 다들 미쳤어……."

중일 아빠는 밥을 씹을 기운도 없이 힘이 쑥 빠졌다. 전기 면도기보다 믹서기보다 더 비싼 이어폰이라니. 귀에 꽂는 플라스틱 마개 두 개와 긴 선이면 끝나는 물건 아닌가. 어떤 재료로 만들면 그렇게 비싼 이어폰이 되는 걸까. 물론 있을 터였다. 아이폰도 특별한 사람들을 위해 제작한 황금 아이폰이 있지 않은가. 아들이 자신도 모르는 사이 특별한 사람이 되어 특별한 이어폰을 사용하고 있었단 말인가. 축하해 줄 일이다. 중일 아빠가 허허 웃었다. 그래도 기왕 사 준 거였는데. 자기 손모가지를 잘라 버리고 싶었다.

"퇴근하고 만나서 하나 사 줘."

"오늘 늦을 것 같은데."

"그럼 점심때라도 만나."

"생각 좀 해 보고……."

"뭘 생각해? 저거 말고 괜찮은데 가격도 적당한. 알지?"

"일단 알았어."

중일 아빠는 이래저래 심란한 마음으로 출근했다.

— 학교 끝나고 좀 보자.

— 학원 가야 돼.

— 조금 늦게 가.

— 왜?

— 너 마, 이어폰 사야 되잖아.

중일과 만난 중일 아빠가 곧장 닥터드레를 파는 매장으로 향했다. 그리고 진열된 제품 중에 가장 최신 버전을 한 치 망설임도 없이 턱 잡았다. 그 때문에 중일이 살짝 놀랐다. 중일 아빠는 그게 뭐라고 그렇게 비싼지 회사에서 검색해 보았다. 직원들에게 자문도 구했다. 의견은 분분했다. 애가 쓰기에는 사치다, 음악 듣는 데 애 어른이 따로 있냐, 칠천 원에서 만 오천 원 사이가 적당하다, 정 고가의 제품을 사 주려면 가격 대비 성능이 우월한 다른 제품도 많다…….
이어폰의 또 다른 세계였다. 휴대전화를 사면 공짜로 주는
이어폰이 얼마나 좋은가. 가판에서 삼천 원 주고 산 것도 쓰
는 데 전혀 지장 없었다. 차장님, 그렇게 생각하면 지장 없
는 물건이 얼마나 많은데요. 가방은 왜 사요? 보자기도 별
지장은 없잖아요. 차는 왜 사셨어요? 대중교통 이용해도 크
게 지장 없잖아요. 이왕이면 조금 더. 차장님, 아드님하고
말 잘 안 통하죠? 사람들은 이어폰이 마치 공연장 스피커나
되듯 세세하게 성능을 따졌다. 저음 고음 베이스, 힙합 클래
식 따위를 염두에 두고, 같은 브랜드도 버전별로 성능을 따
졌다. 중일 아빠는 자동차를 살 때도 그렇게 따지지는 않았
다. 가격을 정하고, 그 가격으로 살 수 있는 차 중에서 마음
에 드는 색만 골랐다. 구입하고 나면 다 거기서 거기지. 생
각 좀 해 봐야겠네요, 하고 중일 아빠가 자리를 피했다. 그
러나 직원들은 퇴근 때까지도 중일 아빠를 심란하게 했다.
하나밖에 없는 아들인데 그냥 사 주세요. 남 차장, 애 버릇
그렇게 들이는 거 아냐.
　'흠…… 내 아들이 어때서? 남대우 아들이야!'
　사 주자! 그렇게 결정하니 차라리 홀가분했다.

과정은 황당했지만 결과적으로 더 좋은 이어폰이 생긴 중일은 더는 화를 낼 수 없었다. 가만히 있어도 입꼬리가 올라갔다. 이전 것은 소리가 좀 작아 볼륨을 높여 들었다. 그런데 새 이어폰은 볼륨이 낮아도 소리가 짱짱했다. 딱 내 스타일이야. 아빠가 어떻게 알았을까. 역시 비싼 물건은 어른과 함께 사는 편이 좋았다. 그날 밤 안방에서는 중일 엄마와 중일 아빠가 대판 싸웠다.

"당신 미쳤어!"

"당신이 먼저 사 줬잖아!"

"나는 몰랐다고 했잖아!"

"몰라서 사 주는 건 되고, 알고 사 주면 안 되냐!"

"사람이 생각 좀 하고 살아, 생각 좀!"

에이, 하고 중일 아빠가 담배를 챙겨 비상계단 금연 구역으로 나갔다. 나가면서 현관문을 쾅! 닫았으나, 새 이어폰의 성능을 한껏 음미하던 중일은 아무 소리도 듣지 못했다. 그 뒤로 중일은 이어폰 선이라도 꼬일까 절대 돌돌 말지 않았고, 최대한 넓게 접어 고이고이 사용했다. 역시 누구한테 빼앗길까 봐, 학교에서 한바탕 자랑한 뒤에는 집에서만 사용했다. 밖에서는 마블 이어폰이면 충분했다.

중일 아빠가 이어폰 성능을 직접 경험하기도 했다. 중일이 보통 때처럼 볼륨을 맞춰 중일 아빠에게 내밀었다. 이어폰 밖으로까지 새어 나오던 노래가 귀에 쾅쾅 울렸다. 중일아빠가 머리를 꽉 잡았다. 강한 소리에 뇌가 녹는 것 같았다. 중일 아빠가 중일의 의자에 앉았다.

"아빠 뒤에 서서 말해 봐."

"뭐라고."

"말해 보라고."

"말하고 있어!"

"뭐라고 말 좀 해 보라니까!"

중일이 아빠에게서 한쪽 이어폰을 빼냈다. 언제까지 말해야 해. 중일 아빠가 고개를 흔들며 나머지 한쪽도 빼냈다. 심각한데. 엄청난 음악 소리가 주변 소리만 막는 게 아니라 몸까지 둔하게 만들었다. 강제로 심장이 쿵쿵 울렸다. 가상의 세계에 앉아 있는 것 같았다.

"조심해야겠다. 이대로 듣다간 이어폰이 보청기로 바뀌겠어."

중일 아빠는 딱 그만큼만 충고하고 방을 나갔다. 더 길어지면 잔소리가 됐다. 그러면 사 주고도 욕을 먹는다. 중일 아빠가 소파에 앉았다. 중일 엄마가 소파에 안마기를 놓고 두두두 안마를 하고 있었다. 전기장판처럼 생긴 안마기는 가운데에 봉 두 개가 달렸다.

"그거 허리에 더 안 좋은 거 아냐?"

"이거 하고 찜질하면 싸악 풀려. 말 나온 김에 개구리알 좀 전자레인지에 돌려. 삼 분."

컵라면이냐. 중일 아빠가 구시렁거리며 개구리알을 들었다. 찜질팩인데 동그란 알들이 마치 개구리알처럼 들어 있어 중일 엄마가 그렇게 불렀다. 개구리알이 전자레인지에서 빙글빙글 돌아갔다. 일 분 이 분이 지나면서 개구리알들이 부풀어 올랐다. 당신 개구리 다리 먹어 봤어? 아니, 당신은? 먹어 봤어. 징그러워. 맛있어. 그런 얘기를 하는 동안 삼 분이 지났다. 중일 아빠는 개구리알을 꺼내 거실 바닥에 엎드려 누웠다. 그리고 개구리알을 자기 등허리에 올렸다.

"당신도 허리 아파? 그럼 찜질하고 나서 나랑 자리 바꿔 안마도 해."

"됐어."

"이거 싫으면 방에 적외선램프 있으니까, 그거 해."

"뭐는 없겠냐. 여보……."

"왜?"

"나도 저 이어폰 하나 살까?"

"뭉칫돈 있는 게 맞구나? 내봐 봐."

"그놈의 돈 돈 돈⋯⋯."

중일 아빠가 개구리알을 치우고 일어났다. 돈이라는 말을 들으면 신음이 절로 나왔다. 돈이 없어서 아픈 것인가, 아파서 돈이 없는 것인가. 써서 돈이 없는 것인가, 쓸 만큼 벌지 못해 없는 것인가. 다 맞는 말 같고 다 틀린 말 같았다. 돈은 늘 쫄쫄쫄 들어와 콸콸콸 나갔다. 중일 아빠가 안방으로 들어가 컴퓨터를 켰다. 중일 아빠는 언제부턴가 친구 한 놈을 빼고는 사람들을 잘 만나지 않았다. 일 아니면 만나는 사람도 줄였다. 무슨 서운한 감정이 있어서는 아니었다. 돌아올 때 느껴지는 공허함이 싫었다. 얘기하는 사람만 있고 듣는 사람은 없고, 듣는 게 좋아서 듣고만 있으면 말 좀 하라고 부추기고, 겨우 말하려고 하면 중간에 뚝뚝 끊고 술이나 마시자 하고. 친구들과 놀다 왔는데 왜 그렇게 힘든지. 차라리 집 앞 편의점 파라솔에 앉아 혼자 캔 맥주를 비우며 지나가는 사람들을 보는 것이 더 나았다. 그렇다고 집은 재미있나. 점점 잔소리가 늘어나는 아내와 이어폰 하나로 저 혼자 천국에 사는 아들놈밖에. 그래서 시작한 것이 컴퓨터 게임이었다. 중일 아빠가 게임에 로그인하고 책상을 도도도 내려쳤다. 얼마 전부터 사고 싶은 아이템이 있었다. 비상

금처럼 쓰는 휴대전화 현금 결제 서비스는 이미 한도가 다했다. 휴대전화 고지서는 이메일로 자신만 확인했고, 아내는 통장에서 빠져나가는 통신비만 볼 수 있었다. 무슨 전화비가 이렇게 많이 나와? 외근 안 하면 살 수 있냐? 데이터 사용료지 뭐. 그렇게 아내를 속였다. 아…… 삼만 삼천 원. 아들 이어폰 반의반의 반값도 안 되는데. 고민하는 동안 팀이 완성됐다. 위치를 파악하며 침투하기 시작했다. 파이어 인 더 홀! 콰왕! 좋아. 하나, 하나, 하나! 일단 스모그를 던지고 전진했다.

"여보! 소리 좀 줄여!"

아, 다 잡았는데. 중일 엄마 잔소리에 순간 집중력이 떨어졌다. 중일 아빠가 서랍에서 이어폰을 꺼냈다. 삼천 원짜리여도 소리만 잘 들렸다. 밖에서 중일 엄마가 부르는 것 같았다. 여보, 여보! 들리지 않았다. 아니, 들렸지만 대답할 틈이 없었다. 나가면 나간다고 뭐라고 하고, 게임하면 게임한다고 뭐라고 하고, 에이…….

*

"만약에, 내가 바로 나와서 신고했으면……."

"살았겠냐고?"

"네."

"그 정도 충격이면, 거의 힘들었다고 봐야지."

"많이 아팠겠죠?"

"고통을 느낀 시간은 길지 않았을 거야."

"다행이네요."

"할머니하고 지내는 건 괜찮니?"

"나쁘지 않아요."

엄마가 죽었는데 더 나빠질 것이 뭐가 있을까.

*

사고 뒤 중일과 중일 아빠가 경찰 조사를 받았다. 뉴스에서처럼 집에 폴리스 라인을 치거나 부검을 하지는 않았다. 중일은 형식적인 조사를 받았고, 중일 아빠는 조금 까다로운 조사를 받았다. 중일 아빠가 중일 엄마를 가장 먼저 발견했다. 아내의 죽음에서 남편이 마냥 자유로울 수는 없었다. 그렇다고 사복 경찰이 집 주위를 서성이고 미행하는 일은 없었다. 흔한 일은 아니지만 드물지 않은 사고라고 했다. 부주의로 발생한 사고사. 엄마라는 단어와 함께 평생 중일을 따라다닐 단어, 부주의. 아픈 엄마를 돌보지 않은 자신의 부주의는 어떻게 처벌해야 하나. 중일은 그동안 부주의라는 말에 큰 무게를 두지 않았다. 약간의 실수로 인한 약간의 손실, 그 정도였다. 그러나 이제 저 말은 엄마의 죽음과 같은 무게로 가슴을 짓눌렀다.

할머니도 중일 엄마의 죽음이 누구보다 안타까웠다. 활짝 핀 꽃은 잎이 하나둘 떨어지며 천천히 져야 하는데, 예쁘다고 누가 똑 따 버린 것 같았다. 할머니는 중일 아빠가 며느리를 처음 데리고 왔을 때부터 마음에 들었다. 저놈이 무슨 복에 이런 여자를 데리고 왔누. 아직 얼굴에 아기 태가 남은 것으로 보아 사랑을 많이 받고 자란 것 같았다. 그것은 잘살고 못살고의 문제가 아니었다. 부모의 사랑은 양이든 질이든 자식 얼굴에 고스란히 남는다. 사랑을 받고 자라야 저도 줄 줄 안다. 의식하지 않고 사랑받았듯, 의식하지 않고 사랑을 주게 된다. 그래서 진짜 사랑을 주는 사람은 늘 부족하게 해 줬다고 하고, 진짜 사랑을 줄 줄 모르는 사람은 그동안 해 준 것을 일일이 계산하고 따진다. 중일 엄마는 똑똑한데 순하고, 순한데 야무졌다. 할머니는 그동안 독한 사람을 많이 겪었다. 떠올리면 지금도 눈물이 날 정도로 악랄

한 사람도 있었다. 얼마나 더 살까. 이제는 좀 순한 사람만
만나고 싶었다. 입에서 챙챙 칼 부딪치는 소리를 내는 사람
이 싫었다. 순해 빠져 가지고 독한 도회지에서 어떻게 살았
냐? 할머니의 어머니가 돌아가시기 전에 한 말이었다. 그래
서 독하게 참고 살았잖아요. 중일 아빠가 중일 엄마를 만나
기 전에는 할머니 지인이 중매를 서기도 했다. 나는 그냥 순
한 며느리면 좋겠네. 지인이 강아지상에 뱀 눈동자를 가진
여자를 데려왔다. 할머니는 전에 직장에서 만났던 관리자
의 얼굴이 떠올랐다. 인연이 무섭다고 혹시 그녀의 딸은 아
닐까. 어쩌면 저리 닮았을꼬. 그녀에게 얼마나 집요하게 모
함당하고 시달렸는지 비슷한 상만 봐도 치가 떨렸다. 어때?
속에 뱀이 들어앉았으니 순한 얼굴로 남 잡아먹을 상이네.
그랬더니 다른 여자를 데리고 왔다. 이번에는 어때? 너는
순한 것하고 맹한 것도 구별 못 하나! 중일 아빠는 그 뒤로
선을 보지 않았다. 만나는 여자가 따로 있는 것 같지도 않았
다. 혼기는 다 차 가는데 저놈이 무슨 배짱으로 저러고 다
니나, 할머니가 여간 걱정한 게 아니었다. 그러다가 어느 날
떡 데려온 여자가 중일 엄마였다.

　"김치는 할 줄 아냐?"

　"못 해요. 근데 주는 건 다 잘 먹어요."

하하하. 할머니는 그때, 이 녀석이 내 며느리 되면 좋겠다,고 생각했다. 김치 못 하는 게 무슨 죽을죄라고, 그런 질문을 들으면 사약 받은 중죄인 얼굴로 있다가 뒤돌아 눈을 부라리는 사람보다 훨씬 예뻤다. 못 한다면 내가 해 주고, 그게 싫으면 지들이 사다 먹으면 될 것을, 꼭 일 잘하는 며느리 테스트로 곡해했다. 그러나 중일 엄마는 달랐다. 활짝 웃으며 못 한다고 하는 얼굴에 장난기가 가득했다. 보아하니 엄마가 김치 할 때 옆에서 받아먹기만 했나 보구먼. 그때가 가장 맛있지. 내 딸도 한 번 안 해 보고 컸는데, 남의 집 딸한테 뭐라 하면 되겠나. 그리고 할머니가 원한 대로 중일 엄마는 할머니의 며느리가 되었다. 아들 복이 자신의 복이 되었다며 기뻐했다. 할머니는 중일 엄마에게 딸에게 한 말과 똑같은 말을 해 주었다.

"나 살았을 때는 가져다 먹고, 나 죽으면 사다 먹어라."

밖에 나가면 맛있는 김치가 얼마나 많나. 아내의 정성을 꼭 직접 담근 김치로 보여 줄 필요는 없었다. 못 하면 사다 먹고 그 정성 다른 데다 쏟아 줘라. 할머니가 그렇게 말했는데, 중일 엄마는 받아도 먹고 직접 해서 가져오기도 했다. 열무를 어떻게 절였는지, 시간이 가면 숨이 죽어야 할 열무가 외려 시간이 갈수록 뻣뻣하게 일어났다. 그래도 해 온 게 예뻐 고등어 밑에 무 대신 깔고 조렸다. 익으면 국수라도 해 볼까 했지만 풋내가 심해 생선과 함께 조려야 그나마 먹을 수 있었다.

"어머니, 혹시 열무김치 드셨어요?"

"맛있게 먹었다. 왜?"

"저는 김치가 막 김치통에서 화초처럼 일어나고 있어요."

"손으로 좀 꾹꾹 눌러 주지 그랬냐."

"그렇게 해도 조금 있으면 또 일어나 있어요."

"그러면 먹지 말고, 언능 화분에 심어 줘라."

"우리 냉장고가 이상한가 봐요."

"그런가 보다."

그 뒤로도 이번에는 잘됐다며 가지고 온, 잘 안 된 김치가 얼마나 많았는지 모른다. 보기에는 쉬워 보여도 손에 익어야 맛이 나는 어려운 김치들이었다. 부추김치, 나박김치, 깍두기, 것도 모자라 되도 않은 갓김치까지. 깍두기를 담그고 서는 다급하게 전화를 했었다.

"어머니 큰일 났어요. 깍두기가 폭발하려고 해요!"

"지금 가 볼 테니까, 그대로 둬 봐."

짜고 달고 쓰게 된 깍두기는 들어 봤어도, 폭발하는 깍두기는 들어 본 적이 없었다. 할머니가 급히 택시를 타고 달려갔다. 원인은 고춧가루였다. 무가 허옇다고 겁도 없이 잔뜩 넣은 고춧가루가 익으면서 부풀어 오른 것이다. 잘 익으라며 한여름에 베란다에 떡 놓았으니 가스까지 생겼다. 김치통 뚜껑을 열 때는 정말로 퍽! 소리가 났다. 도대체 고춧가루를 얼마나 퍼부은 것인가. 고춧가루 죽에 무를 새알심처럼 넣은 꼴이었다. 어떡하죠? 하는 중일 엄마 때문에 할머니는 웃음이 터져, 말없이 양념만 좀 걷어 내고 돌아왔다. 그것은 할머니도 어찌할 방법이 없었다. 집에는 어떤 방법을 써도 먹기 힘든 김치가 아직 많이 남아 있었다. 그러다가 중일을 낳고 살림도 척척 잘하더니, 김치도 맛있게 담그기 시작했다.

그렇게 일찍 떠나려고 예쁜 짓만 했나. 허망하게 보내기에는 너무 아까운 사람이었다. 저렇게 예쁜 아들이 눈에 밟혀 어찌 눈을 감았을꼬. 할머니는 그동안 부쩍 수척해진 중일을 보았다. 손자이지만 여자아이 부럽지 않게 희고 고와서 누굴 만나든 자랑하고 다녔다. 하다못해 딸인 중일 고모도 중일을 피해 갈 수는 없었다.

"무슨 화장을 그렇게 진하게 하냐."

"오늘 미팅 있어. 예쁜 애들도 많이 나온단 말이야."

"니가 백날을 화장해 봐라. 우리 중일이 맨얼굴보다 예쁜가."

"또 중일이. 엄마는 중일이 말고는 아무도 안 보이지?"

그렇게 아끼는 손자를 이제 자신이 맡아야 했다. 엄마를 잃고 온 애를 할머니가 어떻게 안아 줘야 하나. 며느리 잃은 아픔과 엄마 잃은 아픔이 분명 다를 텐데. 할머니는 중일 생각만 하면 가슴이 무너졌다. 제 엄마와 함께 찍은 사진을 책상에 두고, 남들 안경 닦듯 닦는 모습도 자주 보았다. 그렇게 닦으면 유리도 닳겠다고 할머니가 짐짓 농담을 할 정도였다.

"미안해서요."

중일이 그렇게 말했다. 그런 거였다. 부모가 살았을 때는, 부모가 자신에게 유독 서운하게 한 일만 떠올라 툭툭 짜증내곤 하지만, 막상 돌아가시고 나면 그와 반대로 잘해 줬던 것만 기억나서 더 그립고 미안해진다. 그게 자식이다. 부모가 장수하고 죽었다고 안타까움이 덜할까, 그리움이 흐려질까. 할머니는 한 살 한 살 부모님 나이를 따라잡을수록 더욱 그리웠다. 어떻게 그리 힘든 날을 보내셨소. 내가 그 나이가 되니 나는 그리 못 하겠네. 어머니가 다른 자식들 몰래 자신만 데리고 나가 국밥을 사 준 일, 아버지가 갱엿 한 판

208

을 사와 망치로 깨서 나눠 줬던 일, 혼례식 앞두고 어머니보다 더 많이 울었던 아버지…… 기억만은 그때인 듯 선명했다. 하물며 이제 막 엄마를 잃은 중일은 오죽할까.

중일은 자신이 엄마에게 잘못한 것만 생각났다. 왜 그렇게 사사건건 부딪쳤을까. 중일은 그때마다 이어폰을 꽂는 것으로 반항했다. 안 들려! 수학여행 가는 날 아침에는 옷 때문에 엄마와 한바탕했었다. 그런데 그날 밤 엄마가 아들자? 잘 자, 하고 보낸 문자에는 코끝이 찡했었다. 유치하게 보고 싶기까지 했었다. 이제는 매일매일 유치하게 엄마가 보고 싶을지도 모른다. 그래서 더 화가 났다. 엄마한테 나쁜 마음을 먹었던 일. 수학여행 때 엄마가 챙겨 준 두꺼운 옷을 가져가지 않았다가 밤에 오돌오돌 떨었던 일. 돌아올 때 싸구려 팔찌 하나 사 오지 않은 일. 인마, 엄마 거 하나라도 사 오지 얼마나 한다고. 중일 아빠가 통을 줬었다. 돈도 얼마 안 줬잖아! 실은 엄마가 아빠 모르게 비상금으로 얼마를 몰래 줬고, 아빠가 엄마 모르게 또 줬고, 할머니가 가서 쓰라고 줬고, 고모도 줬다. 하지만 돌아와서 게임팩을 사려고 했기에 팔찌 같은 것은 눈에 들어오지 않았다. 끈으로 된 건 이천 원이면 됐는데. 엄마 거 아무것도 안 사 왔어? 서운해

하던 엄마가 자꾸 떠올라 괴로웠다. 중일이 많고 많은 사진 중 하필 저 사진을 책상에 놓은 이유가 있었다. 매일매일 엄마 품에 안겨, 엄마가 최고지 했던 일곱 살 어릴 때였다.

"할머니하고 엄마는 완전 다른데, 아빠랑 같이 있으면 두 사람이 한사람 같아요. 신기해요."

"얼빠진 놈이 하나 있으면, 그놈 앞에서는 다 똑같아지는 거야. 느이 아빠가 심성은 나쁘지 않은데 생각이 짧지. 고모가 얼마나 맘고생을 했는지, 결혼한다고 했을 때 엄청 좋아했다. 빨리 집에서 나가라고. 언제 철들까 몰라."

"그래도 아빠는 어른이라고 폼 잡지는 않잖아요."

"지가 철이 안 들었는데 잡을 폼이나 있냐? 그래 놓고 속은 또 은근히 여려서 일 저지르고 뒤에서 꼭 후회하지."

그것도 복이라면 복인데, 중일 아빠는 사는 것에 비해 험하게 자라지 않았다. 겉은 실없어 보여도, 공부 머리는 타고나서 공부 하나는 잘했다. 대학 보내 놓으면 사람 구실은 하겠지. 그런 마음으로 대학을 보냈다. 막 입학하고는 제법 철든 소리도 했다. 아부지 엄마가 힘들게 보내 주신 거 알아요. 저놈이 속은 있었구먼. 할아버지가 무척 흐뭇해했었다. 그러나 한 학기 두 학기가 지나자 학생인지 건달인지 칠락

팔락 놀러 다니듯 학교를 다녔다. 얼마간의 장학금이라도 받으면 숨통이 트이련만, 등록금 대느라 허리가 휘는 부모는 안중에도 없어 보였다. 노한 할아버지가 중일 아빠를 군대에 보내 버렸다. 입소식 날, 건강히 지내십시오, 철든 아들이 되어 돌아오겠습니다, 하고 눈물을 보였다. 할머니는 그게 또 가슴이 아파 뒤돌아 눈물을 흘렸다. 첫 휴가 때 고것도 월급이라고 몇만 원을 떡 내놓는데 아까워서 쓸 수가 없었다. 그렇게 계급이 하나하나 늘었다. 그리고 그만큼 휴가도 자주 나왔다.

"너 또 왜 왔어?"

"제가 소총을 잘 다루지 말입니다."

"너 또 나왔어?"

족구를 잘해서, 내무반 모범 병사로 뽑혀서, 중대장하고 테니스를 치다가 등등 이유도 가지가지였다. 대학 때 강의실보다 테니스 코트를 더 자주 들어가더니 군대에서 휴가까지 받았다. 희한하게 복이 붙는 중일 아빠였다. 요즘 군대 좋아졌구나. 할아버지가 혀를 끌끌 찼다. 휴가 때마다 술 처먹고 다닌 돈이면 차라리 계속 학교를 다니는 게 나았다. 제대하고는, 이제 못다 한 효도를 위해 이 한 몸 바치겠습니다! 충성! 절도 있게 경례했다. 할아버지가 끙 한숨을 쉬고 그래 알았다, 건성으로 인사를 받았다. 아니나 다를까, 중일 아빠는 곧 복학을 했고 다시 건달처럼 다녔다. 펜을 쥐여 줘도 총을 쥐여 줘도 철이 안 드는 놈은 안 드는 것이었다. 머리가 좋은 것인지, 시험 운이 좋은 것인지, 시험에는 철썩철썩 붙어 취직도 어렵지 않게 했다. 그것이 남들 눈에는 착실하게 보였나 보다. 아들 하나는 잘났다면서 부러워했다. 명절 때, 친척 애들이 어려운 수학 문제를 물어보면 얼마나 친절하게 알려 주는지, 물론 그때는 할아버지 할머니도 어깨에 힘 좀 주었다. 그러나 집에서 중일 고모가 물어보면 사정이 달랐다.

"이 돌대가리. 가사 시간에 뇌를 다리미로 쫙쫙 폈지?"

그 바람에 중일 고모가 문제집을 북북 찢으며 울었다. 그래 놓고 나중에는 미안한지 오빠가 다시 봐줄까? 했다가, 동생이 문을 쾅! 닫아 버리면 그 앞에 멀뚱히 서 있었다.

"아부지, 쟤 참고서 좀 사 줘야 할 것 같은데요……."

"시끄러워, 이 자식아!"

그래도 할아버지가 돌아가셨을 때는 장남답게 큰일을 잘 치르고, 나중에는 조문객들에게 일일이 답례 카드도 보냈다. 저놈이 아버지 돌아가시고 어른이 됐구나. 할머니가 눈물을 흘렸다. 몇 해 뒤 중일 엄마를 데려와 결혼한다고 했을 때도 또 눈물을 보였다. 조금만 더 살았으면 며느리도 보고 갔을 텐데. 할머니 보기에는 소꿉장난 같은 신접살림이었지만, 둘이 살기에 부족해 보이지 않았다. 중일은 또 얼마나 예쁘게 낳았나. 보면 닳을까, 만지면 부서질까 애지중지 아꼈다. 중일이 자라면서 제 아빠 어릴 때 행동을 해도 할머니는 밉지 않았다. 제 새끼 어디 가나. 같은 행동을 두고 아들은 미웠는데 손자는 하나 밉지 않았다. 그래도 어미 마음이 어찌 자식에게서 멀어지겠나. 아들이 아내를 잃었다. 아버지가 죽었을 때보다 더 힘들어했다. 엄마 잃은 제 자식까지 있다. 할머니는 아들도 손자도 모두 불쌍했다.

*

"그럼 아빠는 혼자 지내시니?"
"이제는 아빠도 할머니네서 같이 살아요."
"그쪽으로 다 옮긴 걸 보면, 할머니네가 더 넓은가 보다."
"그건 아닌데……."

*

할머니는 아무래도 집에 마가 낀 것 같다고 했다. 사람 목숨을 빼앗은 마라면 서둘러 빠져나가야 남은 사람도 산다. 할머니가 집을 팔라고 했다.

"요즘 집이 잘 안 팔려서······."

"너는 내가 그렇게 죽으면 그 집에서 살 수 있겠냐? 애 생각은 안 해?"

중일 아빠도 중일 걱정은 하고 있었다. 그러나 당장 집을 팔 수가 없었다. 급할 때마다 은행에 집을 잡혀 쓴 빚이 상당했다. 제값에 팔아도 간당간당한데, 한참 내려서 팔면 팔고 나서도 빚이 남았다. 그러니까 팔아도 전세금조차 건질 수 없는 깡통 아파트였다. 집 살 때 무리하게 받은 융자가 가장 큰 원인이었다. 그리고 계속 내려간 집값. 희대의 팔랑귀 중일 아빠가 전셋집을 보러 다니다가 덜컥 집을 사 버렸다. 은행에 월세 낸다 생각하고 이자를 내다 보면 내 집 되는 겁니다. 요즘 이자, 그거 이자도 아냐. 옛날에는 20퍼센트가 넘었어. 직장도 좋으시네. 애 데리고 이사 안 힘들어요? 꼭 이사 날에 비가 와. 경기가 계속 안 좋아질 전망인데 사도 될까요? 한국 사람은 집이 재산이야. 경기 나쁠수록 내 집 없으면 더 서러워요. 집값 떨어진다는 말 믿지 마. 그 얘기는 옛날부터 있었어요. 어디, 어디가 떨어졌는데? 0.1,

0.2 떨어진 거? 오른 게 얼만데! 아닌데. 아닌 것 같은데요. 그런가요? 그렇기는 하네요. 맞아. 그럼 한번 볼까요? 이러다가 마침 아기 목욕시키고 있는 집에 들어가 집 구경을 하고, 그 자리에서 계약했다.

"이 미련한 놈아……."

"차라리 가진 게 없으면 행복할까? 좀 비워야 행복하다잖아."

"니가 뭘 가졌는데? 그런 말은 철철 넘치는 사람한테나 맞는 말이지. 우리같이 없는 사람은 좀 채워야 행복해지는 거고. 아, 아니네. 그 말 맞네. 너는 빚이 철철 넘치니 좀 비워야 행복해지겠다. 당장 비워, 이놈아!"

"혹시 오르면 어떡하지?"

"안 오른다. 우리 식구는 앉아서 돈 받는 팔자 아녀. 그런 팔자들은 따로 있어."

"맞아, 나는 그렇게 복권을 사도 안 되더라고……."

저놈의 팔랑귀는 어째 나이를 먹어도 접히지가 않는지. 할머니가 한숨을 쉬었다. 할머니 할아버지가 젊어 한창 일할 때 명상 붐이 일었었다. 중일 아빠도 무슨 말을 들었는지 명상 비디오테이프를 사 왔다. 마음과 정신을 비우고 명상의 시간을 가져 봅니다, 하며 자는 할머니를 깨웠다. 할머니는 피곤했지만 딴에는 생각해서 그러지 싶어 억지로 앉아 꾸벅꾸벅 졸았다. 그러나 할아버지는 달랐다.

"엄마 쉬는 날이라도 자게 그냥 둬, 자식아!"

"아부지도 그러지 말고 얼른 앉으세요. 건강하게 살다가 조용히 눈감는 게 가장 행복한 거예요. 오세요, 얼른."

"건강하게 살다가 한순간에 눈감으려면 급사해야 해. 알어? 저거는 머리에 뭐가 든 거여 대체. 그거 파는 사람이 수면 건강 얘기는 안 하데? 이게 명상의 시간이여, 고문의 시간이여? 느이 엄마 앉아서 코 골잖아! 얘, 수정아, 저거 뽑아다 버려라!"

"뭔데? 명상? 그럼 내가 할까?"

"야, 돌대가리. 넌 이미 머리가 텅 비어서 안 해도 돼."

"이 자식이 동생한테 뭐라는 거여!"

할아버지 귀는 금고 문처럼 꽉 닫혀서 할머니 속을 썩였고, 중일 아빠 귀는 작은 바람에도 세차게 팔랑거려 할머니 애간장을 태웠다. 아파트도 팔랑귀 때문에 상투 잡고 산 꼴이었다. 가진 집도 처분하는 마당에 무슨 빚을 그리 얻어 샀나. 할머니는 중일 아빠가 은행을 전당포로 보는 것 같았다. 집을 살려고 산 것인가, 돈 빌려 쓰려고 산 것인가. 집이 주인을 잘못 만나 몸을 조각조각 떼어서 빚을 얻어 주고 있었다.

"이 집은 새 주인 만나서 새 기운을 들여야겠다. 운 나쁘면 화장실에서 넘어져도 죽는다. 서둘러 팔아라."

"빨리 정리할 테니까, 중일이 잘 데리고 있어. 우리 중일이는 사 먹는 김치는 안 먹으니까 그런 줄 알고."

"염병하네. 그동안 느이 집 김치 누가 해 준 거냐? 아무래도 니가 애 명을 다 깎아 먹어서 그렇게 빨리 간 것 같다. 하이고……."

"엄마, 나도 성당 나갈까?"

"미친놈……."

할머니 집에서 중일의 학교까지는 한 시간가량 걸렸다. 그래도 중일은 할머니와 사는 것이 나쁘지 않았다. 돈가스냐 치킨이냐 배달 메뉴를 두고 싸울 일도 없었다. 나는 뭐라도 다 맛있더라. 밥 한 끼 안 하는 것만도 어디냐. 할머니는 배달 음식까지 영양을 따지지 않았다. 다만, 이웃들이 왜 할머니랑 사니? 하고 물으면 뭐라고 하나, 신경 쓰이기는 했다. 엄마가 죽었습니다. 그러나 그렇게 묻는 사람은 아무도 없었다. 한편으로는 다행이다 싶었지만, 존재감 없는 엄마의 죽음이 안타깝기도 했다. 보통 사람이었던 엄마의 죽음과 엄마를 잃은 중일은 관심 대상이 아니었다. 어머니가 죽었다고? 그래 알았다, 지금 통화 중이라, 이런 느낌. 아저씨, 흰색 강아지 아저씨네 개죠? 그래. 지금 차에 치였는데요. 뭐라고? 저리 비켜 봐, 비키라고, 새끼야! 강아지보다 더 밀리는 기분. 학원을 마친 중일이 버스에 올라타 뒷자리에 앉았다. 그리고 앞에 앉은 사람들을 멍하니 보았다. 늦은 밤, 자거나 휴대전화를 보거나 다들 옆에 사람이 없는 듯 행동했다. 자신이 너무 뒤에 있어 못 보는 게 아니었다. 보지 않으니 보이지 않는 거였다. 중일이 창문에 머리를 기댔다. 그때 성현에게 카톡이 왔다.

—학원 끝났냐?

—할머니네 가는 중.

—도착하면 바로 들어와라.

—일단 가 보고.

할머니 집으로 짐을 옮기고 컴퓨터를 켜는 순간, 중일의 입에서 즉각적으로 씨발 소리가 튀어나왔다. 인터넷이 연결되지 않았다. 스마트폰으로 성당 사람들과 카톡을 주고받는 할머니지만, 인터넷은 사용하지 않았다. 근처 와이파이를 검색해도 허사였다. 다들 어찌나 보안에 철저한지 집

218

집마다 공유기에 비밀번호를 걸어 두었다.

"아이 진짜⋯⋯."

"왜 그러냐?"

"인터넷이 안 돼서요."

"할미 전화로 해."

"그걸로는 안 돼요."

"우리 성당 애는 이걸로 인터넷인가 뭔가 하던데? 이거를 어떻게 했는지, 지 것도 쓰고 내 것도 쓰고 그랬어."

"어떤 미친 새끼가 그랬어요?"

"하나로 여럿이 쓰면 좋지 왜?"

"그럼 지네 할머니 거 쓰라고 하세요."

"즈이 할미 거는 안 된대."

"씨발 새끼가 죽을라고⋯⋯."

"왜 그렇게 욕을 하고 난리여!"

"그러니까 전화기 함부로 주지 마세요. 그리고 전화국에 전화해서 인터넷 설치해 주세요."

"거기다 전화하면 되냐?"

"네, 알아서 해 줄 거예요. 제일 빠른 걸로 해 달라고 하세요."

인터넷 말고는 크게 불편한 것이 없었다. 다만 신발장에서, 할머니 화장대에서, 식탁에서, 심지어 화장실에서까지 조신하게 눈을 내리뜨고 있는 성모 마리아 상들이 신경 쓰였을 뿐이다. 화장실 선반에 놓인 마리아는 위치가 거시기해서 샤워하다 문득 쳐다보면, 자신을 주욱 내려다보는 것만 같았다. 심지어 잔잔한 미소까지 띠고 있었다. 신경 쓰여 중일이 휙 돌려놓으면, 얼마 뒤 여지없이 몸을 돌려 다시 내려다보고 있는 것이다. 낮은 곳에 임하라 하셨거늘, 왜 거기 높은 곳에서……. 여하튼 인터넷은 차질 없이 설치됐고 모뎀도 중일의 방에 놓였다. 안방을 향해 인터넷 껐냐 켰냐 소리칠 일이 없게 되었다. 중일은 집에서 가져온 인터넷 공유기를 모뎀에 연결했다. 그리고 자신의 모바일 기기마다 새로운 와이파이 주소를 설정하고, 할머니 휴대전화도 집에서는 와이파이로 쓸 수 있게 설정해 주었다.

"진즉에 너랑 살 걸 그랬다. 이제는 너만 잘하면 된다. 너만 잘하면 돼."

할머니가 중일의 머리를 쓰다듬고 나갔다. 어떻게 나 혼자만 잘해요. 어떻게 이것보다 잘해요. 어떻게……. 중일이 손으로 머리를 마구 비벼 댔다.

석 달쯤 지났을 때, 중일 아빠가 찾아왔다. 중일 아빠는 할머니가 급하게 차려 준 밥을 먹으며 그동안의 상황을 전했다. 집은 일단 급매물로 내놓았다. 그러나 근저당 설정이 문제였다. 저당 잡혀 빌려 쓴 돈이 너무 많았다. 얼마라도 먼저 갚아야 그나마 쉽게 팔릴 것 같았다.

"엄마, 한 삼천 있어?"

"나한테 그런 돈이 어딨냐?"

"그냥 물어봤어."

"얘, 그거 어찌 저찌 풀어서 팔면, 느이는 이제 어디에서 사냐?"

"월세로 원룸 하나 얻든가…… 엄마, 나도 들어와서 살까?"

"하이고, 넌 뭘 어떻게 살았기에 그 모양이냐."

"엄마, 나는 돈을 마악 버는데, 돈이 막막 마악 빠져나가더라고."

"염병하네……. 그래서 집을 보러 오는 사람은 있는 거여?"

"위치가 좋잖아. 워낙 싸게 내놔서 부동산에서 눈독 들이는 것 같더라고."

"밥은 먹고 다니냐? 얼굴이 왜 이렇게 안됐어."

"그렇지 뭐……."

중일 아빠가 말을 흐리고 국에 밥을 말았다. 애써 태연하게 버티고 있지만, 그 끔찍한 모습을 잊을 수가 없었다. 아버지를 염할 때와는 달랐다. 놀라서 달려갔다가 사람이 죽었다는 것을 본능적으로 깨달았다. 무서웠다. 남편이라는 책임감이 없었으면 뒷걸음치고 도망갔을 터였다. 할머니가 집을 팔라고 했을 때는 차라리 고마웠다. 아침에 방문을 열고 나오면 주방에 아내가 서 있는 것 같았다. 자다가도 등골이 서늘해 눈을 뜬 적이 한두 번이 아니었다. 아내가 옆에 누워 있는 것 같았다. 중일이 집에 있을 때는 누구 부를 사람이 있다는 것에 그나마 안도했었다. 그러나 중일이 떠나자 집에서 도저히 혼자 지낼 수가 없었다. 그래서 회사 근처 모텔에서 지냈다. 집이 무서웠다. 이런 속마음을 누구에게 말할 수도 없었다. 아내의 죽음을 남편이 무서워하고 있다. 그날, 왜 안고서 목 놓아 울지 못했나. 생각하면 죽은 아내에게도 미안했다. 결코 아내를 사랑하지 않은 건 아니었는데.

"엄마, 나는 참 무섭더라고……."

할머니가 가만히 아빠를 보다가 말했다.

"들어와라."

*

"아빠가 많이 힘들어하셨구나."

"……."

"넌 괜찮았니?"

"……."

*

결국 중일 아빠도 할머니네로 들어갔다. 아파트에 남은 짐은 할머니가 정리했다. 이삿짐센터에 연락해 사다리차와 일꾼을 불렀다. 짐을 일단 아래로 내려놓고 경비실을 통해 버리려고 했다. 그러나 일꾼들이 먼저 관심을 보였다. 버리기에는 너무 멀쩡한 물건들이었다. 애들이 이민을 가서요. 할머니가 그렇게 말을 돌렸다. 일은 생각보다 쉽게 끝났다. 일꾼 중 하나가 어딘가로 전화를 하자 곧 일 톤 트럭이 도착했다. 이걸 다? 어, 일단 다 실어. 그는 비싼 물건들을 공짜로 가져가라는데, 나중에 버릴 게 생기더라도 자신들이 처리하는 게 예의라고 생각했다. 덩치 큰 가전제품과 가구가 먼저 실렸다. 어떤 것은 할머니네 것보다 더 좋았지만, 할머니는 욕심내지 않았다. 보낼 때는 깨끗한 마음으로 보내는 게 나왔다. 그 대신 답례로 이삿짐 바구니를 하나 받았다. 할머니는 구석구석을 살피며 아직 남은 것들을 바구니에 넣었다. 지압용 발판, 식초병, 걸레, 쓰다 남은 바퀴벌레 약 등등. 할머니가 집 안을 다 확인한 뒤 가방에서 작은 병 하나를 꺼냈다. 성당에서 가져온 성수였다. 그 성수를 곳곳에 뿌렸다. 이 집에서 더는 아픈 일이 생기지 않았으면 하는 바람이었다. 에미야, 너 아직 여기 있냐? 이제 그만 가야지. 아직 못 가겠으면 나 따라오고. 집에 가자. 할머니가 현관문을 닫자 쉬이익 자동 잠금장치가 돌아갔다.

방 두 칸짜리 집이라 중일 아빠가 거실을 방으로 사용했다. 책상을 따로 놓을 곳이 없어, 긴 TV 선반에 놓였던 화분들을 치우고 그 자리에 컴퓨터를 올렸다. 그 바람에 모니터와 TV가 나란히 놓였다. 드라마 시간이 되면 중일 아빠는 할머니와 사춘기 때처럼 싸웠다. 할머니가 저런 나쁜 년, 저거 불쌍해서 어쩌나…… 드라마에 폭 빠질 만하면, 중일 아빠 모니터에서는 시커먼 병사가 섬뜩한 칼을 휘두르며 달려갔다. 파이어 인 더 홀! 쿠왕!

"넌 어째 엄마가 테레비 볼 때마다 그러냐!"

"텔레비전 안 가렸잖아."

"그게 보이니까 그러지. 애도 아니고, 얼른 꺼!"

중일 아빠가 컴퓨터를 끈 대신 태블릿 PC를 들고 할머니 옆에 앉았다. 드라마에서는, 니 딸이어도 그렇게 했겠냐,며 두 여자가 신경전을 벌이고 있었다. 니 딸이 뭔데? 주민등록번호 순서대로 태어난 애? 싫으면 나가라고 해. 그 뒤로도 태어난 애들 많으니까. 이봐요, 아줌마. 그렇게 귀한 딸을 왜 돈 벌어 오라고 내보내? 이상한 아줌마네. 아줌마 딸도 내 딸처럼 귀하면, 나처럼 집에서 고이고이 키워요.

"저런 사람들은 남의 딸 죽는 거 관심 없다. 쯧쯧쯧. 저 봐라 저, 자기가 왜 남의 딸을 신경 쓰냐고 하잖어. 얘, 저런 사람들한테 우리 같은 사람은 사람 아니다. 사람으로 안 보이는데 무슨 사람대접을 하겠어?"

할머니는 드라마가 내 일인 양 속상해했다. 그러나 중일 아빠는 드라마가 문제가 아니었다. 태블릿 PC로 앱 게임을 하느라 정신이 없었다. 그대에게 치유를. 헛! 이야아! 다음에는. 신념이 부족했나. 나의 검아. 이야아! 헛! 힘이 부족했나. 더욱 수행해야 합니다. 아…… 이 서민 덱을 어떻게 짜야 하나. 중일 아빠가 심각하게 고민했다.

"엄마, 나 만 천 원만 줘."

"왜?"

"각성 무기 이벤트 좋은 거 하는데, 내가 무기가 달려
서⋯⋯."

"너 먼저 각성해라! 컴퓨터 끄랬더니 이제는 판때기 가지
고 지랄이네."

"엄마가 나랑 안 놀아 주니까 그러지. 고스톱 칠까?"

"엄마가 그런 거 손에 쥐는 것 봤냐?"

"그럼 부침개라도 해 줘."

"금방 밥 먹고 무슨 부침개여? 웬수가 따로 없어."

할머니가 드라마를 포기하고 냉장고를 살폈다. 중일 아
빠는 부추전을 좋아하지만 사다 놓은 부추가 없어 김치통
을 꺼냈다. 남들은 아들딸 결혼시키면 적적하다고 했지만,
할머니는 전혀 그렇지 않았다. 자고 싶을 때 자고 일어나고
싶을 때 일어나, 내가 먹고 싶은 것만 해 먹고, 그동안 일하
느라 못 봤던 텔레비전도 실컷 보며 천천히 천천히 사는 게
나쁘지 않았다. 젊어서 일할 때는, 집에서는 뭐 하고 일하면
서 조느냐, 험한 소리를 들으며 살았다. 이봐요, 집에서 잘
시간이나 주고 그런 말 하쇼. 달리고 달리고 달리면서 살았
다. 아침에는 직장에 늦을까 봐 달리고, 밤에 일 끝나면 식
구들 밥 굶을까 달렸다. 직장에서는 왜 이렇게 굼떠, 빨리요
빨리! 양씨 아줌마 어딨어요! 소리가 귀에서 떠난 적이 없

고, 집에서는 엄마! 엄마! 여보! 여보! 부르는 소리가 떠난 적이 없었다. 고단했다. 징글징글맞게 고단했었다. 할머니는 남매를 결혼시킨 뒤에야 평생소원이던 생활을 할 수 있었다. 세상이 좋아져서 채널도 많아졌고, 그 옛날 못 봤던 드라마도 보여 줬다. 할머니는 꼭 혼자 먹을 만큼의 경단과 수정과를 준비해 드라마를 보았다. 가끔 친구가 놀러 오면 딱 두 사람 몫의 약밥을 해서 같이 먹었다. 좀 많이 해서 자식들도 주고 그러지 왜? 다 알아서 사 먹겠지. 온전히 자신만을 위해 해 먹은 음식이 언제 있었나. 그렇게 한갓지게 사는 게 좋았다.

거기까지였다. 이제는 다시 중일이네와 함께 살게 되었다. 중일이만 해도 괜찮았다. 중일 아빠가 자랄 때와는 달랐다. 있어도 있는지 없어도 없는지 모르게 조용했다. 이제는 일을 하지 않으니 아침에 달려갈 데도 없었다. 가만히 일어나 천천히 상을 차리고 밥을 먹여 학교에 보냈다. 역시 일을 하지 않으니 밤에 서둘러 달려올 필요도 없었다. 오면 왔구나 하고 일어나 간소한 저녁을 함께 먹었다. 그러나 중일 아빠가 온 뒤로 전에 일할 때처럼 바빠졌다. 엄마, 엄마! 어제 컴퓨터 옆에 둔 서류 어디다 치웠어? 엄마, 엄마! 나 지금 가니까 주차할 데 잡아 놔. 주말에도 어디 나가지 않고 귀찮게 했다. 하이고, 할머니가 한숨을 쉬고 김치통에서 김치를 막 꺼낼 때, 중일 고모가 왔다.

"오빠도 있네. 잘됐다, 피자 사 왔는데."

"안 그래도 니 오빠가 부침개 해 달라고 해서 귀찮았는데, 잘 사 왔다."

"오빠, 중일이는?"

"방에 있어. 오 서방은?"

"오늘 늦는대. 중일아! 피자 먹자!"

"쟤 이어폰 꽂고 있어서 안 들려."

중일 아빠가 문자를 보냈다. 고모 왔다. 나와. 집에서도 문자로 대화했다. 중일이 나왔다. 고모가 거실에 피자 상자를 펼쳤다. 모두가 둘러앉아 피자를 먹었다. 중일 엄마 장례식 때 누구보다 많이 운 사람이 중일 고모였다. 언니 언니 하며 잘 따랐고, 생일마다 선물을 챙겼었다. 그랬던 사람이 이제는 중일 엄마 얘기를 전혀 하지 않았다. 중일은 가족들이 이상했다. 엄마가 원래 없었던 것처럼 너무 잘 지냈다. 가족들에게서는 엄마의 공백을 전혀 느낄 수 없었다. 하와이안 피자. 중일 엄마는 이것저것 토핑이 많은 것보다 담백한 하와이안 피자를 좋아했다. 다들 알면서 누구도 중일 엄마를 언급하지 않았다. 그래서 오빠도 명단에 들어갔어? 니 오빠가 없으면 또 안 되잖니. 엄마는 좀 느끼한데. 그럼 내가 국수 좀 무칠까? 열무 있지? 엄청 잘 익었다. 중일 엄마가 좋아했던 열무 비빔국수. 산 사람은 살아야 한다고 했지만, 산 사람이 그리워하지 않으면 누가 죽은 자를 기억하나. 집단 최면에라도 걸린 것일까. 중일은 답답한 마음에 콜라만 벌컥벌컥 마셨다.

"난 그만 먹을게."

중일이 방으로 들어가 문손잡이 배꼽을 눌렀다. 세상이 엄마를 너무 빨리 지웠다. 장례식 때 온 그 많은 사람들은 모두 어디에 있나. 삼 일의 애도 기간을 끝으로 엄마의 데이터를 포맷해 버린 것 같았다. 중일은 아빠가 상처에 실직하고, 할머니가 머리 싸매고 자리에 눕고, 고모가 울다 지쳐 혼절하길 바라는 게 아니었다. 가족끼리 있을 때만큼은, 엄마가 좋아했던 음식을 먹을 때만큼은, 조금 그리워해도 되지 않을까. 애초에 엄마가 없었던 것처럼 행동하는 가족들이 야속했다.

며칠 뒤, 중일 고모가 학교 앞에서 중일을 기다렸다. 교복 입은 남자애들은 다들 비슷해 보였고, 우리 중일이는 왜 안 나오나 싶을 무렵, 저 멀리 키 크고 잘생긴 중일이 보였다. 쟤가 저렇게 말랐나. 양손을 주머니에 넣고 걷는데 바지가 헐렁헐렁했다. 중일 고모는 자신이 잘 보이도록 교문 바로 옆에 자리했다. 아기 때처럼 고모! 하고 달려와 폭 안기지는 않아도, 고모? 하고 머쓱하게 웃으며 오겠지,라고 기대했다. 그러나 중일은 옆으로 밀어 둔 교문을 피하듯 고모를 피해 갔다. 얼마나 신경 쓴 차림인데. 학교까지 찾아온 빚쟁이처럼 보일까 봐 빨간 립스틱과 털 달린 옷은 피했다. 그렇다고 장 보러 나온 아줌마 차림이면 곤란할 것 같아, 작은 핸드백을 들고 굽 높은 구두를 신었다. 그런데 중일이 그냥 지나쳤다. 당황한 중일 고모가 서둘러 지하철역 쪽으로 가는 중일을 따라잡았다. 그러고는 중일 어깨에 손을 턱 올렸다. 아악! 중일이 소스라치게 놀랐다.

"왜 그렇게 놀라? 내가 더 놀랐다."

"뭘 좀 생각하다가……."

"근처에 일이 있어서 왔다가 온 김에 너랑 밥 먹으려고."

"학원 가야 되는데."

"고모 배고파. 너 오늘 학원 땡땡이쳐라."

중일이 잠시 망설였다.

"야, 고모도 엄밀히 말하면 너 보호자야. 보호자가 하루

안 가도 된다잖아. 가자, 가자. 너 잘 가는 데 있지? 앞장서. 나는 여기 잘 몰라."

중일이 음…… 하고 건너편을 보았다. 주유소 바람 인형이 전보다 빛이 많이 바랜 옷을 입고 있었다. 바람 한 점 없는데 밑에서 쏘는 바람마저 약한지 곧 쓰러질 것처럼 흐느적흐느적 힘겹게 만세를 불렀다. 머리가 밑으로 뚝 떨어졌다가 부르르 떨면서 겨우 일어나기도 했다. 아이고아이고, 기름을 넣든지 말든지. 아이고아이고, 어서 오든지 말든지…… 힘들어 보였다. 안 가? 가. 중일이 앞장섰다.

학교에서 지하철로 몇 정거장 떨어지지 않은 곳이었다. 도로 쪽은 번잡해도 뒷길로 들어가니 예쁜 카페가 오밀조밀 모여 있었다. 중일 고모는 한적하지도 복잡하지도 않은 것이 마음에 들었다. 어떻게 이런 곳을 알았을까. 혹시 여자 친구 있나? 중일 고모는 중일을 따라 한 가게로 들어갔다. 파스타와 스테이크 전문점이었다.

"여기 파스타 맛있어."

"니가 알아서 시켜. 우리 와인도 할까?"

"난 괜찮아. 고모 먹어."

"나도 괜찮아. 여기 예쁘다."

주문한 알리오올리오 파스타가 나왔다. 중일 고모가 먼저 크게 한 입 먹고 매우 흡족해했다. 여기 제대로다. 중일은 고모를 보고 피식 웃었다. 중일 고모는 어떤 파스타를 먹어도 포크로 돌돌 말지 않는다. 푹 퍼서 그대로 먹었다. 그렇다고 젓가락을 쓰지는 않았다. 파스타는 포크로 먹어야 맛있다. 알리오올리오는 중일 고모가 가장 좋아하는 파스타다. 깔끔하고 군더더기가 없다. 중일이 이 파스타를 처음 먹었을 때는 입에 맞지 않았다. 고모가 직접 해 줬는데, 재료가 없어서 그냥 기름에 볶기만 한 것 같았다. 중일에게 파스타라 함은 미트볼 정도는 기본으로 들어가 주고, 피자치즈를 듬뿍 올려 파스타 면을 싸악 덮어 버려야 했다. 그런데 알리오올리오는 그렇지 않았다. 약간의 베이컨과 함께 돌돌 말려 있는 파스타 면이 어쩐지 나체로 접시에 놓인 것 같았다. 고모, 얘 뭘 좀 입어야 하는 거 아냐? 면이 홀딱 벗은 거 같아. 파스타가 튀김이니? 무슨 옷을 입혀? 토마토소스라도 좀. 그러다 우연히 친구들과 이곳에서 다시 알리오올리오를 먹었다. 주방장 추천 메뉴였다.

"너 고모가 이거 좋아하는 거 알고 있었구나?"

"알지."

"그래서 맛집까지 찾아 놨어? 내 조카 예쁜 것 좀 보게."

딱히 그런 건 아니지만 고모가 생각나기는 했다. 이게 맛있는 거였구나. 고모 말이 맞았네. 딱 그 정도. 중일에게 고모 또래 여자는 그냥 아줌마였다. 그런데 고모는 그냥 고모로만 보였다. 세대 차이도 잘 느끼지 못했다. 엄마보다 겨우 몇 살 아래인데도 고모는 달랐다. 중일은 엄마와 말이 통하지 않으면 이모나 고모에게 전화했었다. 효과는 고모가 더 좋았다. 고모 보기에는 괜찮아? 괜찮네. 그냥 고모가 사 줄까? 그래서 얻어 낸 것이 꽤 있다. 그러나 이모는 안 통했다. 너나 니 자식 그렇게 키워라! 엄마는 동생과 아들을 똑같이 대했던 것이다. 그래서 중일이 어렸을 때는 고모 파워가 이모 파워보다 더 센 줄 알았다. 이모가 좋아, 고모가 좋아? 하고 물으면 당연 고모!라고 대답했다.

중일 이모가 올 때와 중일 고모가 올 때 집안 분위기도 묘하게 달랐다. 중일 엄마는 중일 이모를, 중일 아빠는 중일 고모를 구박했다. 그러면 또 중일 아빠는 이모를 달래고, 중일 엄마는 고모를 달래는 형국이었다. 특히 중일 이모가 딸을 낳고부터는 더 심했다. 중일 이모는 중일의 방을 쓰윽 살펴보고 예쁘다 싶은 수첩이나 펜이 있으면 무조건 달라고 했다. 그런 것은 중일도 별문제 없이 내줬다. 그러나 초등학

생 때부터 모은 미니 자동차가 하나둘 사라질 때는 짜증이
났다. 중일 이모가 몰래 가져간 것이다. 그 바람에 중일 엄
마가 중일 이모에게 마구 화를 내서 중일 아빠와 싸움까지
할 뻔했다.

"동생한테 물려줄 수도 있는 거지!"

"당신이 자꾸 재 편드니까 더 저러잖아! 너 당장 다 가져
와!"

"처제, 나가자, 나가. 내가 세트로 사 줄게!"

"뭘 세트로 사 줘!"

그런 식으로 중일 이모가 아기를 안고 눈물을 뚝뚝 흘리
며 돌아간 게 한두 번이 아니다. 그러나 중일 고모가 오면
또 다른 풍경이 펼쳐졌다. 중일 고모는 정말 어쩌다 가끔 왔
는데, 그때마다 중일 아빠가 구박을 했다. 쓸데없이 돌아다
니지 말고 할머니 대신 집안일이나 하라며. 그러면 중일 엄
마가 중일 고모 팔을 잡았다. 둘이 식탁에서 차를 마시며 중
일 아빠 흉을 보는 것이다.

"언니는 오빠랑 어떻게 살아요?"

"그러니까 어머님이 나보고 부처라고 하잖아."

"성격이 어휴…… 오빠만 아니면 진짜…….."

그러다 보면 중일 아빠가 또 쓰윽 나와 한마디 거들었다.

"진짜 뭐, 가시나야. 둘이 머리 맞대고 할 게 내 욕밖에 없지?"

"당신은 왜 또 나와서 그래? 저녁때 뭐 해 먹을까 상의했어."

"상의는 무슨. 야, 니가 장 봐서, 니가 저녁 해."

"내가 밥하러 왔어?"

"밥도 안 할 거면 뭐하러 왔어?"

그래도 중일 고모는 중일 이모처럼 눈물을 뚝뚝 흘리며 짐을 챙기지 않았다. 그 대신 지갑을 들고 나가서 정말로 장을 봐 왔다. 언니, 허리 아프니까 쉬어요. 내가 카레 해 줄게. 혹은 짜장, 혹은 수제비, 혹은 스파게티. 뭔가 조금씩 빠진 듯하면서 제법 맛있었다. 중일이 고모의 알리오올리오 파스타가 야하다며 놀릴 때, 중일 아빠는 남은 것까지 싹싹 긁어 먹었다. 오빠가 볼 때 니 머리는 학문이 아냐. 이런 재주를 살려. 여보! 그런 말을 하면 오히려 중일 엄마가 더 놀랐다. 그러나 중일 고모는 이미 단련됐는지 무시하고 맛있게 먹었다. 중일아, 고모가 다음에는 애플파이 해 줄게. 어. 그런 면에서 중일은, 이모보다 고모가 좋았다.

중일 고모가 디저트로 아메리카노를 시켰다. 그래 놓고

막상 커피가 나오자 몇 번 홀짝홀짝 마시고는 잔 주둥이만
만졌다.

"고모, 할 말 있어서 왔지?"

"어, 그게……."

"괜찮아, 말해."

"아빠가 많이 아픈 것 같더라."

중일 고모가 중일 아빠 얘기를 했다. 자랑하자면 자랑할 게
많은 오빠였다. 하지만 욕을 하자면 또 천 일 밤을 새워 욕할
수도 있는 오빠였다. 어머니 아버지가 늘 이놈아 저놈아 하
지만, 그래도 장남이라고 결정적일 때는 오빠 편에 서 주었
다. 속을 왕창 긁어 죽을 때까지 안 보겠다 하면, 괜히 학교
로 찾아와 친구들에게 떡볶이를 왕창 쏘고 사라졌다. 와, 니
네 오빠 멋있다! 그러면 바보처럼 슬그머니 화가 누그러졌
다. 고운 정 하나에 미운 정 아홉을 쌓으며 지낸 남매였다.

"니 아빠가 좀 단순하기는 한데, 일 생기면 도망치는 스
타일은 아니야. 일단 덤비는 스타일이지. 너도 알지?"

중일 엄마 장례식이 있은 뒤, 중일 고모는 부러 시간을 내
어 중일 할머니네 집에 자주 들렀다. 오빠와 조카가 상처를
입고 왔다. 모든 상처에는 치유의 과정이 필요했다. 중일 고
모는 가족을 잃은 상처는 가족이 우선 보듬어 줘야 한다고

생각했다. 여전히 남은 가족이 있다. 가족이기에 함께 그리워하고 함께 울고 웃을 수 있지 않나. 중일 고모는 일부러 중일 엄마가 좋아했던 피자를 사 와 태연히 먹었고, 중일 엄마가 좋아했던 열무 비빔국수를 먹자고 했다. 무슨 죽을죄를 짓고 죽었다고 쉬쉬해야 하나. 그러니까 자신은 판만 벌이고, 거기서 뭔가를 끄집어내는 것은 오빠와 조카가 하길 바랐다. 그러면 맞아! 그래! 하고 추임새를 넣어 흥을 돋울 생각이었다. 사람을 왜 가슴에 묻나. 살았던 흔적이 여기저기 남아 있다. 중일 고모는 돌아가신 아버지 얘기를 웃으며 하듯이, 중일 엄마 얘기도 그렇게 하길 바랐다. 다만 그 처음을 오빠가 터 주길 원했던 것이다. 그래야 중일도 편히 얘기하지 않을까. 그러나 중일 아빠는 일절 언급이 없었다. 울어도 되고 웃어도 됐다. 그러면 같이 울거나 같이 웃었을 텐데. 중일 아빠는 피자를 기계처럼 씹어 콜라로 억지로 넘겼다. 그리고 중일이 방으로 들어가자 곧 컴퓨터 앞에 앉았다. 중일 고모가 그동안 봐 왔던 오빠의 뒷모습이 아니었다. 그토록 불안해 보인 적이 없었다. 오빠. 어? 왜? 아냐. 오빠가 도망치고 있었다. 오빠, 안 어울리게 왜 그래.

"무섭다고 했어."

"뭐가?"

"나도 잘 모르겠는데, 할머니한테 그랬어."

"니 할아버지 돌아가셨을 때와는 전혀 달라. 물론 할아버지는 병으로 돌아가셨으니 어쩌면 우리가 마음의 준비를 하고 있었는지 모르지. 그렇다 하더라도 너무 달라. 불안할 정도로 휘청거려. 못 느꼈니?"

"……."

중일은 대답할 수가 없었다. 그럼 나는? 할머니하고 고모 눈에는 아빠만 보여? 물론 날마다 자신을 붙잡고 울고불고 했으면 더 견디기 힘들었을 것이다. 말하자면 이래도 싫고 저래도 싫은, 이름을 부를까 두렵고, 이름을 부르지 않아 서운한, 그런 상황이었다. 학교 교실에 앉아 있어도, 학원 교실에 앉아 있어도, 돌아와 방에 가만히 앉아 있어도, 중일은 아무것도 보이지 않았고 아무것도 들리지 않았다. 오로지 그날, 그날만 떠올랐다.

"근데 고모가 오늘 찾아온 건……."

중일이 고모를 보았다.

"너 때문이야."

"나?"

"아빠는 그래도 옆에 할머니가 있잖니."

중일이 입을 꾹 다물고 쓱쓱 코로 숨을 쉬었다. 보는 사람도 느낄 만큼 가슴이 빠르고 크게 움직였다. 끔뻑끔뻑하는 눈에서는 눈물이 뚝뚝 떨어졌다. 묻지 마. 이제 그만 말해. 나는 진짜 아무것도 몰랐어. 아무것도 안 들렸어. 중일은 고개를 푹 숙여 버렸다. 중일 고모가 중일에게 냅킨을 챙겨 주었다.

"고모는 니가 상담 치료를 받았으면 좋겠어."

중일의 눈물에 갈색 냅킨이 더욱 진하게 젖었다.

*

"고모한테 특별한 얘기는 듣지 못했어."

"……."

"나는 너하고 얘기하고 싶었거든."

"……."

"그건 그렇고, 아직도 이어폰 쓰기가 두렵니?"

"네."

"천천히 적응해. 안 되는 거 억지로 하지 마. 가족들은 여전히 모르니?"

"네. 근데 선생님은 왜 괜찮다는 말을 안 하세요?"

"괜찮지 않을 텐데 무조건 괜찮다고 하면 안 되지."

그동안 중일이 가장 많이 들은 말이 괜찮아,였다. 뭐가요, 뭐가 괜찮은 건데요. 그런데 이 선생님은 달랐다. 네, 사실은 전혀 괜찮지 않습니다. 그 미친 제 모습이 어떻게 괜찮겠어요. 나는 내가 싫습니다. 이어폰도 너무 싫습니다.

"그런데 그렇게 입으면 안 춥니? 벌써 바람 차가워졌어."

"이제 두꺼운 옷 꺼내려고요."

"그래, 밤에는 춥더라. 또 보자."

"이제 아무 때나 와도 되죠?"

"밖에서 간호사 누나가 접수하는 거 친절하게 알려 주잖아. 알지?"

중일이 피식 웃었다. 상담 기간 중 그나마 가장 밝은 웃음이었다.

*

중일은 괜찮지 않았다. 엄마의 죽음도 그날 자신의 모습도 괜찮지 않았다. 누가 허공에서 그때의 모습을 영상으로 찍어 머리에 심어 둔 것 같았다. 너무 선명해서 눈을 떠도 감아도 보였다. 방문 하나를 사이에 두고 한쪽에서는 엄마가 의자에서 떨어져 머리를 바닥에 박았다. 텅. 같이 와장창

깨진 접시들. 중일아……. 다른 한쪽에서는 중일 자신이 이어폰을 꽂고 춤을 추고 있었다. 좋아하는 가수의 신곡은 마침 좋아하는 리듬이었고, 축구 게임은 막 역전승을 거두는 순간이었다. 좋아! 뿜빠빠빠 뿜빠빠빠…… 의자에 앉은 채로 리듬을 탔다. 양쪽에서 동시에 벌어진 일이다. 열 걸음도 안 되는 거리였다. 그 거리를 두고 엄마가 죽어 가는데 자신은 춤을 추고 있었다. 뭔가 통 울렸던 것을 기억한다. 슬쩍 문을 봤지만 곧 이어폰에서 울리는 강한 리듬에 몸을 실었다. 바람 진짜 세게 부네. 바람이 아닌 걸 알았으면서, 나가 보기가 귀찮아 스스로에게 그렇게 말했다. 뿜빠빠빠 뿜빠빠빠…… 아빠의 충고대로 한쪽만이라도 빼 놨더라면. 엄마 일은 엄마가 알아서 하는 거지, 그런 선방진 아들이 아니었다면. 그랬다면 죽어 가는 엄마 옆에서 춤을 추지는 않았을 것이다. 이어폰을 꽂는 순간 세상에서 가장 멋진 뮤지션이 되었다. 자신이 가상의 무대에서 가상의 행복에 빠져 있는 동안, 현실에서는 엄마가 혼자 눈을 감았다. 중일아…… 하고 불렀겠지. 어쩌면 중일이 가장 필요한 순간이었을지도 몰랐다. 엄마 다 필요 없어! 언제 무엇 때문인지는 기억나지 않지만, 분명 그런 말을 했었다. 병신 새끼. 엄마가 필요했다. 아빠처럼 중일도 간절하게 엄마가 필요했다. 온몸에 깁스를 하고 병원에 누워만 있어도 괜찮았다. 어디에도 엄마를 대신할 사람은 없었다. 음악 듣느라 못 들었어요. 바람이 세게 불어서 몰랐어요. 중일은 이제 핑계를 대지 않기로 했다. 미안하면 미안한 대로 최선을 다해 미안해할 생각이었다. 미안해요, 엄마. 잘못했어요.

"잘 갔다 왔어?"
"네."
"밥 먹자."
"아빠 오면 같이 먹을게요."
"시간 못 맞춰. 언제 들어올 줄 알아. 먼저 먹자."
"옷 갈아입고 나올게요."
중일이 방으로 와 침대에 걸터앉았다. 할머니는 아빠가 겁을 먹었다고 했고, 고모는 도망치고 있다고 했다. 그러나 중일이 보기에는 아빠도 엄마에게 미안해하는 것 같았다. 후회할 행동을 하면 어깨를 축 내리고 딴소리를 하는 아빠였다. 중일은 아빠가 쭈그리고 앉아 손으로 이마를 비벼 대는 모습을 자주 보았다. 아빠에게도 돌이킬 수 없는 장면이 머리를 떠나지 않는 것 같았다. 잘은 모르겠지만 아빠도 무척 힘들 것이다. 그래도 아빠는 나처럼 춤은 안 췄잖아. 중일이 아빠처럼 손바닥으로 이마를 비볐다. 세상에 그런 끔찍한 광경이 또 있을까. 그 뒤로 이어폰을 사용할 수 없었다. 엄마에 대한 미안함과 또 무슨 일이 생길지 모른다는 불안함 때문이었다. 그런데도 가족들은 전처럼 행동했다. 아무 노래도 안 듣는데 문자로 말을 걸었다. 나 그냥 방에 앉아 있어요. 다 듣고 있다고요.

"중일아, 얼른 나와라! 아니지, 내가 전화기를 어디 뒀더라."

"지금 나가요!"

"잉? 할미 얘기 들었어?"

"네."

"그러면 얼른 나와."

중일이 일어나 책상 서랍을 열었다. 엄마가 사 준, 아빠가 당겨서 끊어 버린, 그래도 아까워서 버리지 못한 이어폰이었다. 중일은 꿈에서라도 엄마를 만나길 바랐다. 보면 말해 주고 싶었다. 이거 안 버렸지롱. 엄마가 웃어 줬으면 좋겠다고 생각했다. 그러면 유치원에서 돌아왔을 때처럼 막 달려가 폭 안겨 말해야지. 미안해, 엄마. 그리고 아빠도 많이 미안하대.

　제게는 이십 년 된 외투가 있습니다. 외투 안쪽 치수 표시 아래 1996. 7. 22.라고 쓰여 있습니다. 생일 선물로 받은 외투였을 것입니다. 당시에는 발목 근처까지 내려오는 긴 외투였는데, 그동안 유행에 따라, 제 취향에 따라 길이를 조금씩 자르다 보니 지금은 무릎 위까지 올라왔습니다. 그런데 이 녀석이 참 신기합니다. 어떻게 입든 어떻게 보관하든 구김 없이 늘 제 모습을 유지합니다. 그래서 여행 갈 때는 늘 가장 먼저 트렁크에 자리합니다. 외투를 입는 철이 되면 당연하게 꺼내 입는데, 그 때문에 난감했던 적도 있습니다. 제가 데뷔한 지 얼마 안 된 신인일 때 한 일간지와 인터뷰가 잡혔습니다. 떨리고 긴장되는데 사진까지 찍어야 한다고 하니 그 참에 새 외투도 한 벌 마련했습니다. 그러나 신문에는 저 오래된 녀석이 떡 나왔습니다. 아침부터 온통 인터뷰 내용에만 신경 쓰다가 집에서 나오면서 습관처럼 저 외투를 입었던 것입니다. 그 인터뷰가 거의 십 년 전이지만, 그때라 하더라도 이미 십 년 된 외투였지요.

올봄, 옷장을 정리하며 저 외투를 한동안 바라보았습니다. 참 오랫동안 나를 지켜줬구나. 그리고 제게는 또 다른 외투가 있었음을 알았습니다. 늘 지켜봐 주시는 독자분들과 곁에서 힘들었을 가족들에게 제 마음을 전합니다. 이 소설집 발표를 함께 기뻐하고 응원해 준 창비 청소년출판부와 창비 관계자 여러분께도 인사드립니다. 제가 그동안 글을 쓸 수 있었던 것은 모두 여러분 덕분입니다. 고맙습니다. 잊지 않겠습니다. 사랑합니다.

2016년 6월
김려령

수록 작품 발표 지면

고드름 … 미발표작

그녀 …『주니어논술』2008년 7월호(「유쾌한 초상집」으로 발표, 전면 개작)

미진이 … 미발표작

아는 사람 … 미발표작

만두 …『창비어린이』2011년 여름호

파란 아이 …『파란 아이』, 창비 2013

이어폰 … 미발표작

김려령 金呂玲

서울에서 태어나 서울예술대학 문예창작과를 졸업했다. 2007년『완득이』로 제1회 창
비청소년문학상을 수상했으며, 마해송문학상, 문학동네어린이문학상 대상 등을 받았
다. 2012년『우아한 거짓말』이 IBBY 아너리스트에 선정되었다. 동화『내 가슴에 해마가
산다』『기억을 가져온 아이』『요란요란 푸른아파트』『그 사람을 본 적이 있나요?』, 소설
『완득이』『우아한 거짓말』『가시고백』『너를 봤어』『트렁크』『일주일』등을 썼다.

샹들리에

초판 1쇄 발행 • 2016년 6월 7일
초판 4쇄 발행 • 2020년 6월 9일

지은이 • 김려령
펴낸이 • 강일우
책임편집 • 김영선 최은영
조판 • 신혜원
펴낸곳 • (주)창비
등록 • 1986년 8월 5일 제85호
주소 • 10881 경기도 파주시 회동길 184
전화 • 031-955-3333
팩시밀리 • 영업 031-955-3399 편집 031-955-3400
홈페이지 • www.changbi.com
전자우편 • ya@changbi.com